閻魔堂沙羅の推理奇譚

落ちる天使の謎

木元哉多

講談社
タイガ

CONTENTS

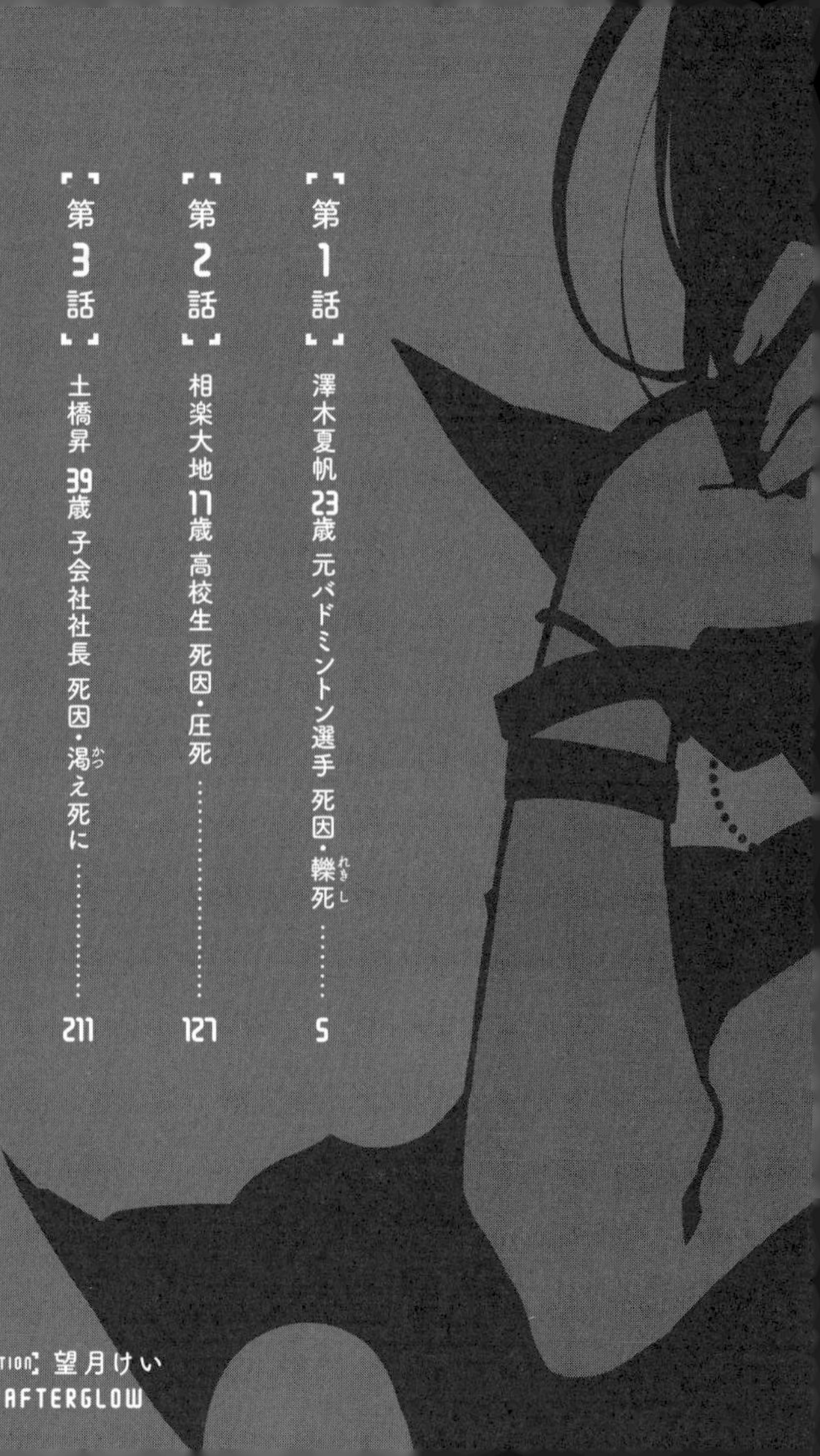

[ILLUSTRATION] 望月けい
[DESIGN] AFTERGLOW

#【第1話】

澤木夏帆 23歳
元バドミントン選手

死因 轢《れき》死《し》

To a man who says"Who killed me",
she plays a game betting on life and death.

1

閉めきった体育館は、蒸《む》し風呂《ぶろ》みたいに感じられた。

バドミントンのシャトルは軽いので、わずかな風でも影響を受けてしまう。極力、風が入らないように、一階の扉は閉めている。競技用の施設なら温度管理もしてあるが、ここ公立小学校の体育館には、そんな設備はない。

澤木夏帆《さわきかほ》は、小六の内山静香《うちやましずか》と実戦さながらに打ちあっている。ただの小学生ではない。小三から、四年連続の小学生チャンピオン。十二歳にして、十五歳以下の大会でも優勝している。

ステップを踏むたびに、キュ、キュ、と靴音が鳴る。ラケットを振る音、シャトルを叩《たた》く音、選手の吐《は》く息。時折、コーチの怒声。

三十人ほどが所属している小学生のバドミントンクラブだ。小野寺範広《おのでらのりひろ》監督のもと、夏帆をふくめた三人のコーチがいる。

静香には動物的な瞬発力があり、スイングが鋭い。まだ子供なので腕は細いが、そのかわりラケットを振る感覚に天性のものがあり、軽く振ってもしっかりパワーが伝わる効率のいいスイングをしている。

とはいえ、まだ夏帆の敵ではない。

夏帆は、強打と見せかけて、静香の手前にドロップを落とす。静香はフェイントにひっかかり、一瞬反応が遅れるが、すばやく前に出てシャトルをすくいあげる。夏帆は、静香を前傾にしてから、その左ナナメ後方に深く返した。静香の利き手は右。左後方にくるシャトルがもっとも打ちにくい。

静香はバックステップを踏みながら、落ちてくるシャトルにタイミングを合わせるが、とりあえず返すだけのショットになった。

チャンス。

夏帆は、甘くなった返球を見逃さず、スマッシュを叩きつけた。

一連のプレーを見ていた小野寺が言った。

「ほら、静香。今のじゃ相手コートにシャトルを返しただけだろ。一瞬でいい。打つまえに、相手の位置、体勢を見ろ。相手の打ち返しにくいところをつねに狙《ねら》わなきゃ、このレベルじゃ通用しないぞ」

静香の弱点。左ナナメ後方に下がりながらのショットのとき、シャトルにタイミングを合わせることに意識が向きすぎて、相手の状態を見られない。下がりながらでも、一瞬だけシャトルから目を離して、相手コートを見る。この部分が改善されるだけでも、静香はもっとよくなる。また、それが弱点と分かっているから、夏帆もあえてそういう状況を作っている。

まあ、口で言うのは簡単だが、そもそもが高速ラリーのなかでのプレーなので、簡単にできることではない。小学生には要求が厳しすぎる気もするが。

実戦形式での練習。二十一対十八で、夏帆の勝利。

「はい、私の勝ち。じゃあ、おしまい。休憩」

「もう一セット、お願いします」と静香。

「やだやだ、もう疲れたよ。今日はおしまい」

「もう一セット、お願いします」

「ムリムリ。やりたきゃ、他の子とやって」

もうすでに二セットおまけしている。負けず嫌いの静香は、勝つまでやめない。元オリンピック選手の夏帆にも負けたくないらしい。

夏帆はそっぽを向いて、体育館を出た。静香は、勝ち逃げを非難するような不満顔を浮かべている。こういうところはまだ子供だ。

「うー、あっちい、あっちい」

夏帆は水道で顔を洗ってから、体育館の壁によりかかり、あぐらをかいて座った。汗をふき、スポーツドリンクを飲んで、おやつのグミを食べていた。無意識に、手術痕《こん》の残る左ひざを触っていた。

小野寺が言った。「夏帆、足は大丈夫か?」

「ええ、平気っす。子供相手に全力ではやってないし」

「筋肉の張りは?」

「ないっす。筋肉が張るほど、やってないし」

左足前十字靱帯《ぜんじゅうじじんたい》を断裂したのは、一年半前。現役はそこで引退した。手術を受け、一年間のリハビリを経て、普通に動かせるくらいには回復した。

クラブのコーチを務めたのは半年前からだ。はじめは断ったが、コーチ代五万円の誘惑に負けて、土日だけやることにした。

静香は一人で練習していた。他のコーチに球出ししてもらって、苦手なドロップの練習をしている。

静香にかぎらず、子供はやわらかいショットが苦手だ。シャトルの勢いを殺すように打って、ネットをわずかに越え、相手の手前に落とすという力加減が難しいらしい。力が足りなければ、シャトルはネットを越えない。力を入れすぎると敵の前で落ちず、むしろ打ちごろのゆるい返球になってしまう。

ジュニアレベルならごまかしも利くが、上に行けば行くほど、硬軟の使い分けが求められるようになる。パワーに頼っている選手は、例外なく消えていく。静香の天性の瞬発力に、柔軟性が加わると、最強の選手になる。

夏帆はしばらく見ていたが、それも飽きてきて、スマホを手に取った。通販サイトで、掘り出し物の洋服を探した。

「あの、夏帆コーチ」

「ん？」

スマホから顔をあげると、汗びっしょりの静香が立っていた。

「ドロップの打ち方を教えてください。私の打ち方に、なにか問題ありますか？」

ドロップは現役時代、夏帆がもっとも得意としたショットだ。あざ笑うかのように敵の前にひらひらと落ちるので、落ち葉にたとえて「ＬＥＡＦ　ＳＨＯＴ」と呼ばれた。夏帆の代名詞だった。

強打と同じフォームで、シャトルを叩く瞬間に、グリップを甘く握る。手首は使わず、指先の感覚だけでラケットをコントロールして、シャトルの勢いを殺す。野球でいうところのチェンジアップに似ている。

「んー、そうだねえ。問題っていうかな。もっと肩の力を抜いて、ひょいって感じで打つといいよ」

近くにいた小野寺が言った。「なんだ、その教え方は。もっと言い方あるだろ」

「いや、でも、私だって自分でどうやって打っていたのか、よく分かんないっすから。自然にやっていたことだから」

「それをうまく言葉で伝えるのがコーチの仕事だろ」

「いや、言葉じゃないんすよ。感覚っすから」

「その感覚を言葉で表現するんだ」

「そう言われてもなあ。私だって誰かから教わったわけじゃないし」

夏帆は、静香に目を向けた。

「いい、静香。こうやってさ、強く打つぞって相手をにらみつけて、シャトルがガットに当たる瞬間に、握りをゆるめて、ちょんってやるんだ」

「そんな説明で、誰が分かるんだ」と小野寺。

「なんつったらいいのかなあ。こう、ラケットをさ、自分の腕だと思うわけ。ガットは手の平。ラケットを持っているんじゃなくて、自分の腕が伸びて大きくなったと思うの。それでね、シャトルを一回手でつかんでから、ぽいって放す感じ。分かる？　分からないかなあ」

静香は首をひねっている。不可解な顔のまま、コートに戻っていった。試行錯誤しながら、いろいろな打ち方を試している。

「ねえ、静香。少し休みなよ。そんなに練習してたら、体が壊れちゃうよ」

「まだやれます」

夏帆のアドバイスを一蹴《いっしゅう》する。静香は基本的に人の意見を聞かない。人の意見を聞くときも、あくまで自分の考えとして理解し、納得できた場合だけだ。この年齢ですでに自分の考えを持っている。

「やれやれ、ようやるわ」夏帆はあきれた。

小野寺が言った。「さすがに静香も、少し緊張しているみたいだな」

二ヵ月後に、韓国で十五歳以下の国際大会が開かれる。静香は飛び級で、日本代表に選出されている。静香にとっては国際戦デビューとなる。日の丸を背負うことに、少し気負いがあるようだ。

「どうだ。静香は世界相手に通用すると思うか？」

「いつも通りやれば、大丈夫でしょ。普段、私とやりあっているんだから」

十五歳以下の国際大会のレベルが分からないので、適当に答えた。

「それに負けたって死ぬわけじゃないし。たかがバドミントンなんだから」

「死ぬんだよ」と小野寺は言った。

「えっ」

「負けたら死ぬんだ。選手は、勝つことでしか生き残れない。たかがバドミントンじゃない。バドミントンがすべてなんだ」

「そんなもんすかね」

「おまえにそれくらいの覚悟があったら、今ごろは……」

小野寺はため息をついた。他の子の指導に向かった。

あらためてスマホで通販サイトを見ていると、電話の着信があった。母からだった。

電話に出る。「はい、もしもし」

「あ、もしもし、夏帆。落ちついて聞いてね。今、お父さんが意識のない状態で、危篤だって。病院から連絡があって、たぶん今夜が山だろうから、家族を呼ぶように言われた。お母さんも今から病院に行く」

「そう」

「夏帆はどこにいるの？　すぐに来られる？」

「今、バドミントンのクラブにいる。今すぐ行くよ」

「南緒《なお》にも連絡した。すぐに来るって」

「うん」

「じゃあ、またあとでね」

電話を切った。動揺はなかった。父の容態は聞いていて、覚悟はしてあった。

立ちあがり、小野寺のところまで歩いた。

「小野寺さん。今日はこれであがっていいっすか？」

「ああ、いいけど。急用か？」

「ええ、ちょっとヤボ用で」

病院の一室。

人が死を迎えようとしているその部屋は、静寂に包まれていた。

東京から群馬の病院まで、車で二時間かかった。病室には母と夏帆だけ。姉の南緒はまだ来ていない。

父の意識はもうなかった。心電図ではまだ脈を刻んでいるが、それも弱々しく、ゆっくり推移している。呼吸が浅く、口がわずかに開いているだけ。

膵臓《すいぞう》ガンだった。食事を取ることもままならなくなってからは、終末医療の病院に入った。今朝までは会話もできていたという。だが、気づいたときには意識がなく、医師は家族を呼ぶように指示した。

父の腕は、驚くほど細くなっていた。

父と喧嘩《けんか》していたわけではないが、夏帆の現役引退後、なんとなく遠ざかっていた。余命半年と聞いたあとも、見舞いに来たのは二回だけ。

父はもともと東京の持ち家に住んでいたが、末期ガンと分かり、群馬に移り住んだ。群馬には父の実家があり、両親は亡くなっているため、空き家になっていた。群馬のほうが空気がいいし、病院も近くにあったので、母と二人で移った。東京の自宅には夏帆が一人で住んでいる。

病室のドアが開き、南緒が入ってきた。

南緒と目が合った。なにか言いたげな顔をしていたが、言葉は発さず、父のほうに視線を向けた。南緒も、父の変わりはてた姿を見て、目を丸くした。それから父の手を握ったが、なんの反応もなかった。

女三人、無言のまま、虫の息の父を見つめていた。

ふと脳裏に浮かぶのは、それほど多くない父との思い出。そのほとんどはバドミントンに関することだった。

父は全日本選手権で五連覇の実績を持つ、バドミントン選手だった。とはいえ当時、日本ではマイナー競技。日本チャンピオンになっても、報道もされない。脚光を浴びるには国際大会でメダルを取るしかなかったが、世界との差は大きかった。オリンピックには、正式種目になるまえの大会に一度出場している。しかし記録にも記憶にも残らない惨敗。スタミナ温存のために手抜きをする中国人選手に、いいようにあしらわれた。

父は二十九歳で引退した。その後、協会のスタッフとして、日本バドミントン界の強化に尽力した。

アマチュアから脱却し、競技に専念できる環境を作ること。海外から優秀な指導者を連れてくること。国際大会に選手を派遣して、経験を積ませること。根性論に基づくナンセンスな指導を駆逐《くちく》し、科学的見地からトレーニング方法を見直すこと。バドミントンのイメージの向上。選手人口の増加。スポンサーの獲得など。

そのかたわら、自身でも小学生以下のバドミントンクラブを作った。父がバドミントンをはじめたのは中学から。それでは遅すぎるという反省からだった。現在、小野寺が監督を務めているクラブは、もとは父が設立したものだ。協会の仕事が忙しくなり、父の後輩だった小野寺に引き継がれた。

引退後、父は母・綾乃《あやの》と結婚して、二人の娘をもうけた。

父が設立したクラブで、まず五歳の南緒がはじめた。夏帆がはじめたのは三歳。姉は四つ年上なので、そのとき七歳だった。

母に連れられて、南緒の練習や試合をよく見に行っていた。しかし、ただ見ているだけなんてつまらない。そこに、暇つぶしの道具としてのラケットがあった。三歳の夏帆は、自然にラケットを握っていた。

先に頭角をあらわしたのは、南緒ではなく夏帆だった。

父譲りの身体能力と、天性のセンス。なにより三歳から父が設立したクラブで指導を受けるという恵まれた環境。小三で小学生チャンピオンになり、それ以降はほぼ負けなしのエリート街道を突っ走った。高一でインターハイ優勝、高二で全日本選手権優勝、そして高三で世界ランク五位。

メダル候補と目《もく》されて、ロンドンオリンピックに出場した。

しかし、ここで初めての挫折《ざせつ》を経験する。準々決勝で、中国人選手に負けた。しかも内容がひどい。正真正銘、本気のメダル候補だった。まさに手も足も出ない。第一セットの序盤で、これは勝てねえや、とあきらめた。ストレートで負けた。

夏帆に勝った選手は、銅メダルに終わった。つまりメダルを取るためには、最低でもあのレベルに到達しなければならない。そのためにはどれだけ練習をしなければならないのか。断崖絶壁《だんがいぜっぺき》を素手で登れというくらいのミッションに思えた。圧倒的な力の差を見せつけられて、やる気がなくなった。

オリンピックという舞台の怖さも味わった。トップランカーは全員、この大会に照準を合わせてくる。他の大会とは仕上がりがちがうので、全体のレベルが数段上がったように感じられた。

なんだか気が遠くなってしまった。

夏帆は地道な努力が苦手だった。筋肉痛が嫌いだし、汗をかくのも嫌い。過去を思い出してみても、頑張った記憶がない。だいたい力半分で練習をやめて、好きなパチンコに行く余力を残しておいた。

食事に気を配ったこともない。お菓子もコーラも好きだった。コーチから体脂肪率について いろいろ言われていたが、二十四時間監視されているわけでもなく、隠れて飲み食いするのはいくらでも可能だった。

それでも国内では勝てた。むしろ練習のやりすぎはよくないと思っていた。自分より頑張っている子たちが、ちっとも上達しないのを見てきたから。

思えば、バドミントンはそんなに好きじゃなかった。練習は嫌い。コーチに怒鳴《どな》られるのも嫌い。ただ、勝てば人並みに気持ちよかったし、ちやほやされたり、お金をもらえるのはうれしかった。だからやってきた。

でも、オリンピックでみじめに負けて、気持ちがなえた。

そのロンドンオリンピックをさかいに、夏帆の成績は落ちていった。かわりに頭角をあらわしてきたのが南緒だった。

南緒は、高校までは平凡な選手だったが、大学に入って急速に力をつけてきた。姉妹なのに、顔つきも体格もちがう。南緒は、夏帆より八センチ背が低く、バドミントン選手としてはかなり小柄《こがら》だった。逆にその小ささを生かして、小回りのきいた、しつこく粘《ねば》り強《づよ》いプレーをする。南緒の試合は長くなる。拾って、拾って、敵のミスを待つ。一撃必殺のショットがないかわりに、相手を研究し、弱点をつき続けてミスを誘発する。我慢と辛抱のバドミントンだ。

そして耐久レースになればなるほど、南緒に有利になる。南緒は、まず十キロ走って練習場に行き、練習を終えたあと、十キロ走って帰ってくるという、アホみたいな生活を高校のころから続けている。努力家という言葉ではくくれない。夏帆は軽蔑《けいべつ》をこめて、「練習狂」と呼んでいた。

　ロンドンオリンピックのあと、夏帆は高卒で強豪実業団に加入した。南緒は大卒で、地方の弱小チームに入った。その時点ではまだかなり差があったが、いつしか南緒は日本代表争いをするほど力をつけてきた。

　そして三年後、リオオリンピック代表選考をかけた大会前。

　夏帆は二十一歳、南緒は二十五歳。実力差はほとんどなくなっていた。

　夏帆は焦っていた。

　これまで一度も、南緒に負けることを想像したことがなかった。

　いつだって優位に立ってきた。南緒は、自分より練習しているのに、ちっとも上達しない子の典型だった。たとえるなら、高い服を着ているのに、ダサく見えてしまう。そういうタイプだった。小学校に入ったころには、もう夏帆が上だった。いつも下に見ていたから、南緒に負けることは想像できなかった。

　ロンドンオリンピックのあとも、夏帆は国内一位をキープしてきた。しかしその後の数年で、日本のレベルが急激に上がってきた。夏帆の世界ランクは十位台をうろうろする程度で、下との差はなくなっていた。

　気づいたら、自分の背中に手が届く位置に、南緒が来ていた。

大会が近づくなか、夏帆は焦りから、練習量を増やした。慣れないことをしたのがまずかったのかもしれない。練習中に突然、足が割れるような感覚に襲われた。激痛が走り、その場に倒れて、のたうちまわった。

左足前十字靱帯の断裂。

ある人は、罰が当たったんだと言った。バドミントンをなめているから、そうなったんだと。夏帆の日ごろの練習態度をよく思っていない関係者は少なくなかった。

オリンピックの出場権を獲得したのは南緒だった。しかしそうして出場した初の晴れ舞台で、インド選手にあっさり負けて、ベスト16止まり。世界とのあいだにはまだまだ距離がある。

夏帆は、現役を引退した。

引退することは父には告げなかった。だから父が、どのようにして夏帆の引退を知ったのかは分からない。

夏帆はそのまま所属チームの会社に残り、普通のＯＬとして働いている。靱帯再建手術をした足は、いちおう完治し、今は軽い運動ならできる。小野寺のクラブで小学生相手のコーチをするくらいは問題ない。

その後、父が末期ガンであることが判明した。協会の仕事は休んで、実家のある群馬に移って闘病生活に入った。周囲に余命半年であることは伝えていない。ガンであることを知るのは、母と夏帆と南緒の三人だけ。群馬に引っ込んだのは、誰も見舞いに来られないようにするためでもある。

父はバドミントンにすべてを捧《ささ》げた人だった。本人もオリンピックに出場し、二人の娘も出場した。でも、メダルには届かなかった。

死に際、どんな夢を見ているのだろう。

父の表情は、変わらず穏《おだ》やかなままだ。平素から無口な人だった。じたばたせず、多くを語らず、迷惑をかけず。父らしさを失っていない。

突然、右手がぴくりと動き、止まった。

一瞬だけ呼吸が乱れ、体が痙攣《けいれん》を起こした。母は医師を呼んだ。

医師と看護師が入ってきたが、特に処置はしなかった。見守るだけの時間が続いた。父の呼吸が荒くなり、体をねじるような動きをした。だが、やがてそれも止まった。医師が父の右手の脈をみて、瞳孔を確認した。

「二十二時五十一分、ご臨終です」医師は言い、父のまぶたを閉じさせた。

父・明嵩《あきたか》の葬儀は、東京の自宅に帰って執りおこなわれた。

東京の自宅には、夏帆と雑種犬のハナが住んでいる。ハナは父の顔を見ると、尻尾《しっぽ》を振って飛びついたものだが、半年前に群馬に移ったのを最後に会っていない。父が死んだことを認識できた様子はない。

親族だけで火葬まですませた。父は顔が広いので、一般の弔問客まで呼んでしまうと混乱してしまう。そのかわり骨壺《こつつぼ》が戻ったあと、自宅でお別れ会をした。派手なことは好まない父だったので、そういう形にした。

お別れ会には、バドミントン界の有力者が顔をそろえた。狭い世界なので、夏帆もよく知った顔ばかりだ。

最初に来訪したのは、小野寺と静香だった。

小野寺は言った。「まさか、ガンだったなんて。ひと月前に電話したときは、声も明るくて、そろそろ仕事に戻れそうだって言っていたのに」

父は現役時代、ケガをしていても平然とした顔でプレーして、痛みを悟らせなかったと小野寺は言った。

「死の間際まで、それを貫《つらぬ》いたんだな。明嵩さんらしいといえば、らしいけど。でも、まだ若いのに。これからなのに」

父と小野寺は、高校からの付き合いだ。選手時代、小野寺は父を追いかけていたというが、一度も勝てなかった。

「静香も来てくれたの？」と夏帆は言った。

「はい」

静香は喪服を着ていた。静香がバドミントンをはじめたのは五歳。そのときはまだ父がクラブの監督を務めていた。静香の才能を最初に見出《みいだ》したのは父で、いわば父の最後の教え子にあたる。

夕方になり、南緒をはじめとする現日本代表メンバーが来た。

先頭は、稲葉《いなば》弘保《ひろやす》。日本代表監督。

父と稲葉は同い年で、現役のころはライバル関係だった。引退後、父は協会のスタッフになり、バドミントンの強化普及に尽力した。稲葉は中国にわたり、最先端の理論を学んで、指導者としての道に進んだ。現在は稲葉が代表監督になって前線に立ち、父が協会会長として後方支援するという態勢になっていた。日本バドミントン界の二本柱であり、二人三脚で歩んできた盟友といっていい。

その後ろに、美輪《みわ》洋介《ようすけ》。日本代表コーチ。

美輪は、三十四歳。オリンピック出場歴二回。三十歳で引退し、稲葉同様に中国にわたって指導者としての勉強をはじめた。リオオリンピック後に代表コーチに就任。選手でありながら大学院に通うというインテリの一面があり、最新のデータ分析システムを導入するなど、主にスカウティングを担当している。

美輪は新潟県出身である。高校生のころ、東京で大会があるときは、宿泊費の負担を減らすために、父が自宅に連れてきて泊めていた。夏帆はまだ小学生だったが、そのころからよく知っている。

代表選手のなかに、志田舞《しだまい》の姿もあった。

十九歳。リオオリンピックのあとに出てきた選手だ。そしてここ一年で、世界ランク三位まで一気に駆けあがった。

志田は、父が見つけてきた選手である。アメリカで行われていた学生の大会で、当時高校一年生だった志田を、父が偶然見つけた。日系アメリカ人で、母親が日本人。生まれ育ちはアメリカだが、日本代表になることも可能な選手だった。競技環境がよくなかったアメリカではなく、日本に来ることを勧めた。

志田のプレーをテレビで見たことがある。

抜群の身体能力。緊迫した試合の中でも笑っていられる明るい性格。当初は野性の本能だけでプレーしていたが、日本に来て、理論的な裏づけのある指導を受けたからだろう。プレーが体系的に整理されて、才能が覚醒《かくせい》した。

お別れ会は、母と夏帆で主催している。現役の南緒は、代表合宿中である。今日も練習があり、終わってから稲葉らと一緒に来た。

自宅の広い居間に長テーブルを置いて、寿司《すし》やビールを用意した。バドミントン関係者が、稲葉を中心にまとまって座っている。小野寺、美輪、代表選手である南緒や志田が顔をそろえていた。現在、日本代表に入っているような選手は、何らかの形で父の世話になっている。夏帆はその輪の中には入らなかった。すでに引退した身である。知った関係ではあっても、どこか距離がある。

夏帆は居間のはじに座っていた。その隣に、静香も座った。

稲葉はお酒が入って、ほんのり顔を赤くしていた。

稲葉は父の訃報《ふほう》を聞いても、驚いた様子を見せなかった。父は、稲葉にだけは死期が近いことを伝えていたのかもしれないと思った。

後輩の小野寺が隣に座って、ビールを注いでいる。稲葉は饒舌《じょうぜつ》になり、若い選手たちに父の現役時代のことを語っていた。

「おまえらは今の穏やかな明嵩しか知らないだろうが、現役時代のあいつはおっかなかったよ。練習の虫で、いつも鬼のような顔をしていたからな。俺たちの時代は、努力根性しかなかった。金もないから、ボロボロのシャトルをずっと使っていた。科学的トレーニングなんてものもないから、練習は千本ノックみたいなもので、ひたすらシャトルを追いかけるだけだ。どしゃぶりみたいな汗をかいて、それなのに水を飲むことは許されず、手のマメがつぶれて血まみれになりながら、ぶっ倒れるまで練習。ぶっ倒れたら、バケツの水を頭にかけられて、また練習。

今になって考えてみたら、バカバカしいかぎりだ。地獄の十五時間特訓なんてのもあったな。気合いが入っていないって監督にビンタされて、ラケットでぶっ叩かれて、はっきり言って、ただの拷問だった。当時は情報もなくて、どうすれば強くなるのか誰も分からないから、がむしゃらにやるしかなかった。肉体を追い込んで、精神を鍛《きた》える。それしかなかった。練習量は世界一だったと思うよ。でも、国際大会に出ればボロ負け。こんなに練習してるのに、なんで勝てないんだって。そりゃあ勝てるわけないよ。拷問に耐えているだけでは、技術は向上しない」

稲葉は笑った。日に焼けた黒い顔に、オールバック。年齢のわりに皺《しわ》が多いが、髪の毛はふさふさしている。

「当時、中国ではもっと過酷な練習をしていると言われていた。だが引退後に中国にわたって驚いた。まあ、確かに練習は厳しいが、ちゃんと科学的な根拠に基づいて行われていた。練習時間も短く、休養とのバランスがしっかり保《たも》たれていた。体罰もなかった。啞然《あぜん》としたよ。今まで自分たちが信じていたこと、監督から言われていたことを全否定するところからスタートしなければならなかった。

俺と明嵩は、まずこの環境を変えなければダメだと話しあった。明嵩はアメリカにわたって、スポーツビジネスを学んだ。そして日本に戻ってきて、協会の古い体制を刷新するところからはじめた。俺は中国にわたって最先端のトレーニング理論を学ぶと同時に、優秀な中国人コーチを引き抜いて日本に連れてきた。つねに情報交換しあって、二人でやってきたことだ。二人で日本のバドミントン界を変えようと誓いあった。二十年以上前の話だが、すべてはそこからはじまったんだ」

稲葉はビールの瓶《びん》を取り、空になった自分のグラスに注いだ。

沈思黙考タイプで、下戸の父。おしゃべりで、酒豪の稲葉。この対照的な二人がなぜウマが合うのか、昔から不思議だった。

「プレーヤーとしては南緒に似てるな。粘って粘って、何度もシャトルに食らいつく。うまい選手ではなかったが、タフだった。ただ、ドロップだけは天下一品だったよ。あいつとは何十回も対戦したが、あのドロップには幾度となくやられた。こっちは必死になってスマッシュを打っているのに、すべて拾われて、長いラリーが続いたあとで、突然、ドロップを落とされる。あれでガクッとなるんだ。

まあ、俺たちのバドミントンなんて、今の高校生レベルだったけどな。でも、明嵩のドロップだけは世界水準だった。結局、パワーとスピード、その二つをともなった精度で上をいかれるから、ドロップを出す展開まで持っていけないんだが、でもあのドロップだけは、当時、無敵だった中国にも通用した。中国人選手が聞きにきたくらいだよ。あれはどうやって打っているのかって。でも、あれは明嵩にしか打てないショットだった。そう、あのドロップは、まさに夏帆の……」

稲葉は、言葉を切った。部屋のはじに座っていた夏帆に目を向けた。

「夏帆、もう足のケガはいいのか？」

「……ええ、もう治ったみたいっす」

「そうか」稲葉はがっかりした表情を浮かべる。「言っておくが、いまさら現役に戻ったって無駄だぞ」

「そんな気ないっすよ、さらさら」

稲葉は鼻で笑った。「おまえは才能だけの選手だった。才能しかなかった。俺はおまえほど努力しなかった選手を見たことがない」

稲葉はビールに口をつけた。

「おまえを初めて見たときは体が震えたよ。すげえ才能だと思った。とてつもなく難しいプレーを、いともたやすくやる。それに、あの明嵩の娘だ。おまえなら、俺たちが夢見て届かなかった場所に、尻尾さえつかめなかった場所に、あのオリンピックの表彰台に、たどり着けるかもしれない。そう思った。だが、とんだ期待外れだったな。父の才能は受け継いでも、魂までは受け継がれなかったようだ」

「すんませんね、そりゃあ」

「まあ、才能といっても、しょせんは国内レベルだ。おまえクラスの才能なら、中国に行けばごろごろいるよ。才能にかまけて努力をおこたり、日本国内で勝っていい気になっていただけの井《い》の中《なか》の蛙《かわず》にすぎない」

「まあ、確かに努力はしてませんでしたけど」

「日本のバドミントンも、ここ数年で一気にレベルアップした。明嵩や俺がまいてきた種が、ようやく実りはじめた。今は世界ランク三位の志田がいる。南緒も、まだまだ伸びしろがあると俺は思っている。ジュニア世代にも、いい選手が続々と出てきている。おまえが現役に戻っても、勝ち目はない」

「だからぁ、復帰するつもりなんてないですって」

「東京オリンピックまで、あと三年だ。必ず金メダルを取ってみせる。明嵩の夢は、俺たちが引き継ぐ」

稲葉は目を伏せて、涙をにじませた。

「なんでこんなタイミングで死んじまうんだか……。明嵩にも見せてやりたかったよ。東京オリンピックの表彰式で、日の丸が高々と上がるところを」

自宅の庭。柵《さく》で囲まれたスペースに、一匹の雑種犬がいる。

「おすわり」

ハナは、ハッハッハッと荒い息を吐き、猛烈に尻尾を振っている。はやくエサをよこせとばかりに、夏帆の足に飛びついてくる。

「コラ、痛いな、もう。このバカ犬、座れって」

無芸な犬だ。お手もお座りもしない。散歩に行くと、やみくもにダッシュする。やたら吠えることだけはしないが、逆に番犬としての役には立たない。クッキー一枚で簡単に手なずけられてしまう。

エサを地面に置くと、ハナは一目散で食らいついた。最安値のドッグフードにがっついている。お腹《なか》をすかせていたのだろう。普段は夕暮れどきにエサをあげるが、今日はお別れ会があって忘れていた。

居間では、まだ稲葉を中心とした食事会が続いている。

夏帆はさっさと寿司を食べて、席を離れた。静香にとっては知らない大人の食事会なので、一緒に席を離れた。

静香は、庭に面した縁側《えんがわ》に座っている。この乱暴な犬にはあまり近づかない。

ハナは三十秒ほどで食べ終え、皿を汚らしくなめている。

「コラ、いつまでなめてんだ。意地汚いな、やめろ」

その皿を取るのが、また大変。ハナは執拗《しつよう》に皿をなめ回しているし、下手に手を出すと噛《か》まれる危険がある。ハナと皿の取りあいになった。

「バッカな犬だねえ、アハハ」

乾いた笑い声がした。振り向くと、志田舞が立っていた。

近くで見ると、でかい。アメリカ人とのハーフ。顔つきは日本人だが、骨格はアメリカ人だ。夏帆より身長が高い。

「はじめまして。夏帆さんですよね」

志田は、欧米人的なフランクさで言った。日本語はネイティブと同じだが、基本的にアメリカ文化で育ったのだと分かる。

「ええ、どーも」

志田は、値踏みするように夏帆の全身を見流した。

「なんか、想像通りの人ですね」

「は？」

「明嵩さんには感謝しています。無名だったときに声をかけてくれて、私を日本に連れてきてくれたのが明嵩さんでしたから。アメリカにいたままだったら、今の自分はなかったと思います。いくら感謝してもしきれません。そういうのを日本語で『足を向けて寝られない』って言うんですよね」

「ま、私に言われても困るけど。私は何もしてないし」

まだ十九歳。顔に自信がみなぎっている。私が日本のバドミントン界を引っぱっていくんだという顔をしている。一気に世界ランク三位まで駆けあがった選手だ。挫折した経験がない。というか、挫折を挫折と思わないのだろう。負けても、ケガをしても、それを成長のための糧《かて》としか思わない屈強なメンタルがある。

志田は、縁側に座っている静香に声をかけた。

「あなた、内山静香ちゃんでしょ」

「あ、はい」

「見たよ。このまえのジュニアの大会。優勝、おめでとう」

「あ、どうも」静香はちょこんと頭を下げた。

「日本代表のなかでも、けっこう話題になってるよ。っていうか、びくびくかな。今は下からの突きあげがすごいから」

「はあ」

「夏帆さんの指導を受けているんだってね」

「はい、そうです」

「オリンピックに出たいんでしょ。だったら、はやく別のクラブに移って、指導者をかえたほうがいい」

「えっ」

「才能もだけど、やっぱり環境が大事だから。今、十二歳でしょ。八歳から十五歳までの成長期にどういう指導を受けたかが、あとになって決定的に作用する。そんな時期にこんな三流の人間の指導を受けていたら、才能が腐っちゃうよ」

　志田は縁側に立って、夏帆を半笑いで見下ろした。

「ホント、想像通りの人ですよね、夏帆さんって。なーんか、たるんだ顔して。この人、ボーっと生きているんだろうなって感じ」

志田は鼻で笑った。

「みんな、言ってますよ。力を抜いて練習して、練習が終わったら急に元気になって、遊びに行ってたって。大会中にホテルを抜けだして、煙草《たばこ》を吸いながらパチンコしているのを見たって人もいるし。隠れてお菓子を食べていたとか、メーカーから提供されたラケットを売っておこづかいにしていたとか。でも、すごいですよね。それでオリンピックに行けちゃうんだから。才能はすごかったんだ」

夏帆は煙草を吸わない。でも、他はおおむね事実だ。たぶん尾ひれがついて、悪い噂《うわさ》として広まったのだろう。

「でも、それだけだった。才能はすごかったけど、それだけの選手だったって、今でも語り草ですよ」

志田はアメリカ人っぽく、ジェスチャーをつけて笑った。

「だから静香ちゃん。本気で上をめざすなら、はやく環境を変えたほうがいい。三流の指導者のもとでは、三流の選手にしかならない。そこの犬と同じ。ろくなしつけを受けていないから、こういうバカ犬になる。犬がもともとバカなんじゃなくて、バカな飼い主のもとにいるから、バカ犬になっちゃうの」

志田は静香に向けて、右手の手の平を見せた。志田の手はごつごつしていた。マメができて、破れて、またマメができて、破れて、それを何度もくりかえさなければ、こんな手の平にはならない。

「これくらい練習しないと、上には行けないよ」

志田は、夏帆に顔を向けた。

「足、治ったんですか？」

「………」

「だとしても、もう現役に戻らないでくださいね。あ、べつに夏帆さんのことが怖いわけじゃないですよ。ただ、明嵩さんの娘に醜態をさらしてほしくないだけです。結果的に明嵩さんの名を汚すことになるので」

「………」

「ま、どっちにしても無駄ですけどね。日本のバドミントンは、ここ数年でレベルアップしましたから。もうここに、夏帆さんの居場所はないです」

志田は嫌な笑い方をして、居間に戻っていった。

庭には、夏帆と静香とハナが残った。バカ犬とののしられた犬は、エサを食べ終えて満足げに寝そべり、後ろ足で背中をかいていた。

「あーあ、はやく帰らねえかな、あいつら」

居間では、稲葉を中心とした食事会がまだ続いている。食事は終わったのに、ずっと居座り続けている。

日本のバドミントン界は、監督もコーチも選手も、みんな家族みたいな関係だ。選手はライバル関係でもあるのだが、不思議と仲がいい。夏帆は現役のころから、こういう家族的な雰囲気が苦手だった。

母は、次々と来る弔問客への対応で、忙《せわ》しなく動きまわっている。

これだけ多くの人が父の死をいたみ、悲しんでいる。偉大な人だったと誰もが言う。だが、その父の偉大さが夏帆には分からない。

父からバドミントンを教わったのは、ごく初期のころだけ。父は日本バドミントン界の発展のため、あちこち飛びまわっていた。人から父の話をよく聞かされるが、夏帆個人としての関《かか》わりは薄かった。

「しかし、いつまでいるんだ、あいつらは」

稲葉たちに、帰る様子はまったく見えない。ほとんど稲葉の独演会である。

バドミントン関係者とは、なるべく顔を合わせたくなかった。かといって、母の手伝いなんかもしたくない。結局、ずっと庭にいるしかない。静香と一緒に縁側に座っていた。

ハナはぐっすり眠っている。

「庭には二匹、犬がいる」と夏帆はつぶやいた。

「は？」と静香。

「いや、庭には二羽ニワトリがいるって言うじゃん。今は庭に二匹、犬がいるなあと思ってさ」

「いや、一匹しかいませんけど」

庭には二匹、犬がいる。一匹はハナ、もう一匹は負け犬の夏帆。

そういう意味で言ったのだが、静香には伝わらなかったようだ。静香は首をかしげながら、不思議そうに夏帆の顔を見つめていた。

「ねえ、静香。さっきの話だけど、志田の言うことも確かだよ。私の指導なんかじゃ、上には行けないかも。あのクラブは、普通の小学生が通うところだし。本気でオリンピックをめざすなら、環境は選んだほうがいいかもね」

静香は何も言わなかった。

「夏帆」

声がして振り向くと、美輪が立っていた。席を外してきたようだ。

「あ、美輪さん。……なんすか？」

美輪は、代表コーチ。指導力は稲葉以上と言われ、理論的な部分はすでに美輪が担っていると聞く。頭ごなしの指導ではなく、すべてデータで根拠を示すので、特に若い選手に受けがいい。美輪のアドバイスで伸びた選手は多い。南緒がそうだ。

「足はどうした？　もう治ったのか？」

「ええ、もう痛みはないし、日常生活に支障はないっす」

「小野寺さんのところでコーチをしているんだって？」

「コーチってほどじゃないすけど。子供相手に練習台になっているだけです。いちおうコーチ代ももらえるんで」

「……現役に戻るつもりはないのか？」

「ないっす。ぜんぜん」

「俺もケガで引退に追い込まれたけどな。でも、夏帆はまだ若いし、夏帆のプレーをまた見たいっていう人も……」

「無理っすよ。いまさら戻ったって、ぶざまな姿をさらすだけ。ここ数年でレベルも上がっちゃったし。そんなところに出ていって、やり抜く根性が私にないってことは美輪さんも知ってるでしょ」

「それは本音か？」

「本音っす」

「もし戻ってきたかったら――」

「ないっす。すんませんけど」

「そうか」

美輪は力なくうなずき、視線を落として、居間に戻っていった。

静香は言った。「今のは誰ですか？」

「美輪さん、日本代表のコーチだよ」

「ミワさん？」

「うん、いちおうオリンピックには二回出てるけど、静香は知らないか。次の代表監督になるって言われている人」

「へえー」

「静香も日本代表に入ったら、世話になるかもね。新潟の人でさ、高校生のころ、東京で大会があると、父が連れてきて、よくうちに泊まってたんだよね。そのときは丸刈りで、試合前日なのに夜中に受験勉強してて――」

夜になり、弔問客は帰っていった。

稲葉たちも帰った。静香は、小野寺が車で自宅まで送っていった。

家に残ったのは、母と夏帆と南緒。自宅に三人がそろうのは久しぶりだ。

「やれやれ、やっと帰りやがった」夏帆は、香典の束《たば》を手にした。「さてと、いくらあるんだ？」

舌なめずりして、香典を開けていく。弔問客が多かったうえに、金額も大きい。十万、三十万という金額もあった。父は多方面に顔が広く、意外とバドミントンに関係のない人も多かった。

「あ、稲葉のやつ、五十万も入れてやがる。無理しちゃって」

母は疲れきって横になっていた。その母のそばで、南緒はお茶を飲んでいる。銭勘定している妹を、侮蔑《ぶべつ》的な目で見てくる。

似てない姉妹だ。南緒は堅物で、クソまじめ。夏帆は束縛嫌いで、自由奔放。夏休みの宿題は、七月中には片づけている南緒と、八月末になって母に手伝ってもらいながらどうにかやる夏帆。ただ、まじめすぎて要領が悪いのか、学校の成績は夏帆のほうがよかったりする。バドミントンでもそうだった。

夏帆は父似、南緒は母似である。つまりバドミントンの才能を強く受け継いだのは夏帆だった。身長も八センチ高い。バドミントンは、基本的に身長が高いほうが有利である。より高い打点で打ち下ろせるからだ。逆に母は、運動能力的には普通の女性で、バドミントンをやったこともない。

南緒の才能は、夏帆の十分の一程度。それを十倍の練習量でおぎなって、オリンピックまでたどり着いた。しかし結果はベスト16。力の差を見せつけられたはずなのに、懲《こ》りもせず次のオリンピックをめざしている。

すごい練習量をこなしているのは、久しぶりに会うと分かる。また体幹がしっかりしてきた。でもたぶん、南緒はメダルを取れない。世界トップ3に入るには、努力だけでは足りない。持って生まれたものがどうしたって必要になる。志田や静香にはそれがあるが、南緒にはない。

香典をまとめて、輪ゴムでとめた。葬式代を引いても、かなり残る。

「よーし、これで車、買いかえようかな」

南緒はあきれたように、夏帆に視線を向けた。

「ねえ、あんたのラケット、持っていっていい？」

「は？」

「二階の私の部屋に積んであるやつ。あんたが使ってたラケット、高級品だからさ。大学の後輩たちは、ラケットが高くて買えない子もいるから、あげようかと思って。あんなふうにゴミみたいに捨てられていたら、ラケットだってかわいそうだし。あんたも思い入れはないんでしょ。そもそも道具を大切にする人間でもなかったけど」

二階には南緒の部屋があるが、今は使っておらず、荷物置き場になっている。夏帆が現役時代に使っていたラケットなども置いてある。メーカーから提供されたもので、買ったら数万円はする最高級品だ。

「あんたのジャージやユニホームも捨てちゃっていいでしょ？　賞状やトロフィーも捨てちゃえば。いらないでしょ、あんなもの」

トロフィーや賞状、シューズ、ユニホーム、自分が載っている雑誌など、すべて埃《ほこり》をかぶったまま、南緒の部屋に置いてある。

「ま、とにかくラケットは持っていくから」

「好きにすれば」と夏帆は言った。

「それとも、現役に復帰するつもりでもあるの？」

「ないない」

「無駄だよ。もう全体のレベル、上がっちゃったから。五年前はあんたにまったくかなわなかったけど、今は負ける気がしないし」

「だから戻らないって」

「あんたからバドミントンを取ったら、ただのパチンコ娘ね」

南緒は鼻で笑って、席を立った。

夏帆のパチンコ好きは、バドミントン界では有名だった。だが、今はやっていない。現役を引退したあと、なぜかつまらなくなってやめた。

「あー、ムカつく」

夏帆は湯船につかっていた。久しぶりにバドミントン関係者と会った。今日一日の出来事を思い出していたら、腹が立ってきた。

「なんなんだ、あいつら。くそっ、ムカつくな」

才能だけで努力しない選手。これは現役のころからよく言われた言葉だった。自分でもある程度、事実だと思っている。

ただし弁解すれば、夏帆もまったく努力しなかったわけではない。むしろ、する必要がなかったのだ。たとえば普通の選手が千日練習して身につけるものを、夏帆はたった三十日で身につけた。であれば、九百七十日分の練習はする必要がない。要するに、効率の問題だと思っている。

才能だけで努力しない、というレッテルは、半分は嫉妬《しっと》からくる。余裕綽々《よゆうしゃくしゃく》でやって試合に勝っていた夏帆に対するねたみは、かなりあった。だから何を言われても気にしなかった。負け犬の遠吠《とおぼ》えだと思っていた。

あらためて考えれば、なぜバドミントンをやっていたのかも分からない。

たぶん先にやっていた南緒の真似《まね》だったのだろう。試合に勝てば、うれしかった。特に南緒の上に立っているというのが気分よかった。気づいたときには天才と呼ばれていた。

やがてそれでお金をもらえるようになった。

これという試練もなく、世界ランク五位まで上がった。高三でオリンピックベスト8。

しかし、その先が険《けわ》しかった。

まず有名になり、研究されたことが大きい。夏帆の弱点を、敵は執拗に攻めてくる。そういう攻め方をされたとき、それをしのぐ技術的な引き出しと、耐えるメンタリティーがなかった。のびのびできる練習ならいいけど、癖《くせ》を修正し、弱点を克服するための地道な反復練習は苦手だった。長いシーズンを戦い抜くスタミナもなかった。そこにケガが重なると、もういいや、という気分になる。そもそもだが、オリンピックのメダルに興味がなかった。なぜ人々はあんなものに熱狂するのだろう。

成績は次第に落ちていき、世界ランク十位台をうろうろした。それでも日本チャンピオンの座は守った。

それでいいか、と思った。国内ではでかい顔をしていられる。

だが、リオオリンピックの二年前ぐらいから、急激に国内のレベルが上がってきた。はなから眼中になかった南緒でさえ、オリンピックを狙えるところに来ていた。夏帆は追われる立場になった。でも、そのときでもまだ、自分がオリンピックに出られないとは思いもしなかった。

そして前十字靱帯断裂。すべてが砕《くだ》けちった。

みなが手の平を返した。嫌われているという自覚はあったが、ケガをふくめて自業自得だと言われ、誹謗《ひぼう》中傷にさらされた。

手術、リハビリ、復帰までの長い道のりを考えると、面倒くさくなった。自分がそこまでモチベーションを保てるとは思えなかった。夏帆は引退した。

風呂から出た。居間では母が一人でテレビを見ていた。

「南緒は？」

「もう寝た」と母は答えた。「明日も練習があるんだって」

「ふうん」

冷蔵庫を開けて、缶ビールを取った。プルタブを開けた。

「じゃあ、お母さんももう寝るから」

母はさすがに疲れた様子だった。半年にわたる父の介護と、その後の葬式。現役選手である南緒には頼れず、そういうことに根本的に向いていない夏帆にも頼れず、ほとんど一人でやっていた。

母は席を立ち、一枚のメモ用紙を夏帆に向けてきた。

「これ、お父さんから、あなたに」

「ん？」

「お父さん、亡くなる少しまえに、それを書いたの。夏帆に渡してくれって」

「私に、だけ？」

「そう、夏帆にだけ」と母は言った。「じゃあ、おやすみ」

母は何も言わず、寝室に入っていった。

夏帆は受け取った紙をじっと見つめた。

「ん、なんて書いてあるんだ？　これ」

死の直前で意識が混濁していたのか、それともペンを動かす力さえ残っていなかったのか、文字がひどく震えていた。

たった四文字である。だが、くねっていて、判読できない。

夏帆はしばらくその四文字を見つめていた。はじめはミミズがくねったようにしか見えなかったが、だんだん文字に見えてきた。

そこにはこう書かれていた。「つづけろ」と。


父の死から一週間が過ぎた。

忌引き期間が終わった。夏帆は朝七時に起きて、会社に行く準備をする。

「やべえ、遅刻しちゃう」

久しぶりの出勤なので、スイッチが入らない。遅刻すると、罰金三千円。遅刻魔の夏帆のために最近設けられた社内制度だった。

父の言葉がずっと引っかかったまま。

父は遺書を残さなかった。「つづけろ」の四文字が、事実上の遺言となった。

父の死の直前について、母が詳しく話すことはなかった。したがってどういう経緯で書かれたものかは分からない。

よく考えれば、父に引退したことをちゃんと伝えていない。厳密にいえば、正式に引退したわけでもなかった。引退会見も引退発表もしていない。ただ、所属クラブの練習に戻らず、籍が自然消滅しただけである。

現役復帰に現実味はわかなかった。レベルの上がった日本バドミントン界で、左足に爆弾を抱えた夏帆が、一年半ものブランクがあるのに、復帰していきなり活躍できるほど甘い世界ではないことはさすがに分かっている。

一方で、なんだかムカつくのだ。あのとき稲葉、志田、南緒に言われたことがずっと胃の底に残っている。

——だが、とんだ期待外れだったな。父の才能は受け継いでも、魂までは受け継がれなかったようだ。

——だとしても、もう現役に戻らないでくださいね。あ、べつに夏帆さんのことが怖いわけじゃないですよ。ただ、明嵩さんの娘に醜態をさらしてほしくないだけです。結果的に明嵩さんの名を汚すことになるので。

——あんたからバドミントンを取ったら、ただのパチンコ娘ね。

思い出しても、頭にくる。あいつらをギャフンと言わせてやりたい気持ちもある。

そもそも、なぜ私はバドミントンをやっていたのだろう。

誰のため？　なんのため？

バドミントンをやめたのは、南緒に負けるのが怖かったから？

夏帆は頭を振った。考えても仕方ない。どちらにしても、もうバドミントンをやることはないのだから。

「行ってきまーす」

母に言って、玄関を出た。駅までは自転車で行く。

自転車は家の裏に置いてある。庭に置いておくと、ハナがタイヤを噛んだりして悪さするのだ。かといって狭い玄関前に置いておくと、出入りの邪魔になる。なので、わざわざ裏に置いている。

玄関を出て、狭いわきの通路を歩いて、裏に向かう。その通路は、雨が降ると水がたまるうえに、日が当たらないので、しばらく乾かない。そのため通路に木製のすのこを敷いている。

そのすのこの上を歩いている途中で、急に足が沈み込む感触があった。

夏帆はとっさに後方にはねた。足が沈むより先に、左足の爪先《つまさき》だけで後方にバックステップした。

はねた瞬間、板がバリッと割れる音がした。

見ると、すのこが真っ二つに割れている。木が腐食していたようだ。

夏帆が足を載せて体重をかけたことで板が割れた。足の裏が危険を感じとって、反射的に後方に跳んだから助かった。だが、割れた板に足がはまっていたら、大ケガをしていた可能性もある。

「危ねえ、危ねえ。さすが私、この超人的な反射神経を見たか、へへっ」

すのこを買ったのは一年前だ。中古のすのこを捨て値で買って、のこぎりで切って敷いただけだから、はやくもダメになった。

足元に気をつけながら裏に行って、自転車を引いて出てきた。すのこが壊れたことを母に伝えようかと思ったが、どうせ母が裏に行くことはないので（母は自転車に乗らない）、そのまま家を出た。

「じゃあな、ハナ。ちゃんとお留守番してろよ」

柵の中のハナは、両前足を柵にかけて、物欲しそうに夏帆の顔を見つめていた。夏帆は自転車に乗って、駅に向かった。

時間通りに会社に着き、いつも通りに仕事をした。

だが、気分が晴れない。

父の死のまえは、なんの疑問も持たずに毎日を過ごしていた。それなのに、なぜか父の死をはさんで、いろんなものが色あせて見えた。つまらなく、また、物足りなく感じた。日常の色がちがって見えた。

だらだらするのが好きだった。クーラーの効いた部屋で、ソファーに寝そべって、コーラにポテチ、あるいはビールにサラミで、韓流《ハンりゅう》ドラマを見る。汗をかいたり、疲れたりするのは嫌い。ストイックな根性論は根っから無理。残りの人生は、バドミントンと関係なく生きていくのだと思っていた。それなのに……。

五時まで仕事をして、まっすぐ帰宅した。

駅から自転車に乗り、寄り道せずに家まで帰った。家の前で自転車を下りたところで、夏帆が帰ってきたことに気づいたハナが、猛ダッシュで駆け寄ってきた。庭の柵にジャンプして飛びついた。

ハナの両前足が柵にかかった瞬間、その勢いで、柵の扉が開いた。扉を閉じておく留め金がゆるんでいたようだ。

「あっ」と思った瞬間には、ゲートが開いた競走馬のごとく、ハナは飛び出していた。自分でも思いもよらず自由になったハナは、興奮したまま道路に出ていった。泡食《あわ》って、そのまま走り去っていった。

「あ、こら、待て、ハナ」

そう叫んだところで、止まる犬ではない。この近辺は交通量も多い。バカ犬だけに、前後見境なく走って、車道に出てしまったら大変だ。

夏帆は走ってハナを追った。とはいえ、さすがに全力疾走の犬には追いつけない。ぐんぐん引き離されていく。夏帆も全速力で追いかけた。

百メートルほど走って、ハナが足を止めた。電柱におしっこしている。その隙《すき》に追いついて、ハナの首輪をつかんで捕まえた。

「このバカ犬、なにやってんだ、危ないでしょ」

ハナのお尻《しり》をひっぱたいた。そのままハナを抱きあげて、自宅まで歩いて戻った。

久しぶりに全力疾走した。息が切れていた。

「あー、疲れた……、えっ」

今、初めて気づいた。久しぶりに全力疾走したのに、左足にまったく違和感がない。それどころか、現役のころと変わらぬ瞬発力。

ハナを庭に入れて扉を閉じ、しっかりと留め金をかけた。

それから左足をぐるぐる回してみる。軽く飛びはねてみる。

今まで、なんとなく左足をかばってきた。全力で走ったり、左足に負荷をかけることは意識的に避けてきた。

だが、なんともない。

そういえば、朝もそうだった。すのこが壊れた瞬間、靭帯を切った左足で、急にバックステップした。しかし、なんの違和感もなかった。

「もしかして、完全に治ってる？」

朝五時半、母はまだ眠っていた。

こっそり起きだして、なるべく音を立てず、朝ごはんを食べた。おにぎり四つ、インスタントのコーンスープ、栄養ドリンク二本。

それから水筒に麦茶を入れる。ラケットとシューズをリュックに入れた。南緒はラケットを持っていくと言っていたが、まだ残っていた。

こっそり家を出る。ハナは小屋で寝ていた。

空は晴天。久しぶりの早起きだが、目はぱっちり冴《さ》えていた。

自転車に乗り、走りだした。まだ早朝で、空気もきれいだ。人も車もまったくない道路を快調に飛ばした。

バドミントンクラブが使っている小学校の体育館まで突っ走る。

小学校は坂の上にある。八十メートルほど続くのぼり坂を、立ちこぎで駆けあがった。ペダルを強く踏み込むと、自転車はぐんぐん加速していった。

小学校の敷地《しきち》に入り、自転車置き場に停《と》めた。まだ誰もいない。小鳥が、ちゅんちゅんと鳴いているだけ。

夏帆は一人、体育館に向かった。

当然、入り口の鍵《かぎ》は閉まっている。だが、実は一箇所、一階の窓の鍵が壊れている場所があるのだ。いつだか偶然、発見した。大量のパイプ椅子《いす》が保管されている部屋で、入学式など、椅子が大量に必要なときしか開けられないので、窓の鍵が壊れていることに誰も気づかないまま、ずっと放置されている。

その窓を開けて、体育館に侵入した。明かりをつける。

六時。出勤の八時まで、二時間ある。

リュックを置き、バドミントンシューズを履いた。まずは準備運動をする。特に左足を入念にストレッチした。現役に戻るつもりはなかったので、リハビリは途中で勝手にやめていた。今でも左足にはボルトが入ったままだ。

準備運動を終えて、体育館の端《はし》から端までを十本ほどダッシュしてみた。

現役のころと変わらぬスピード感。バネの伸び。

不思議なくらい、瞬発力は落ちていない。足の速さは生まれつきだ。

だが、体力がもたない。続けてダッシュしていると、息切れして筋肉がだれてくる。肺活量と筋持久力は明らかに落ちている。

少し休んでから、ラケットを握った。シャドーで、バドミントンの基本的な動きを一つずつ試していく。

思った以上に、体は動く。なんといっても、まだ二十三歳。ずっと休んでいたぶん、かえって消耗はない。そして左足は完全に治っている。

東京オリンピックまで、あと三年。ぎりぎり間に合うかどうか。

まず一年で、体力と筋力を取り戻し、技術をブラッシュアップする。次の一年で本格的にツアーに出て、ランキングを取り戻す。そして最後の一年で、日本代表選考レースを勝ち抜く。女子シングルスの代表枠は二つ。現在、日本トップは世界ランク三位の志田。次が十二位の南緒。そう考えると、最低でも世界ランクは一桁《けた》台まで上がらなければならない。かなり厳しい気もするが。

「いや、できる。なぜなら、私は天才だから」

そう、私に不可能はない。本気さえ出せば。

一度も出したことのない本気を出す。今までちゃらんぽらんにやっていて、日本チャンピオンになれたのだ。この私が本気を出せば……。

父の遺言は関係ない。自分の意志で復帰する。「努力しなかった天才」のレッテルを貼《は》られたまま終わるのは、癪《しゃく》にさわる。特に稲葉をギャフンと言わせてやる。志田も叩きのめす。南緒に吠え面《づら》をかかせてやる。

今は十月。まずは半年で、体をしっかり作りあげて、来年四月のシーズン開幕に向けて調整する。そのあと半年かけて国内の大会に出て、試合勘を取り戻す。そして一年後からツアーに出て、本格的な勝負に出る。

ラケットを握り、ひたすらシャドーをくりかえした。シャトルをイメージして、ステップを踏みながら、ラケットを振る。

無意識に口笛を吹いていた。

あれ、楽しんでる？　自分で気づいて、笑ってしまった。

なんか楽しくなってる。ダンスでも踊っている気分だった。バドミントンをしていて、楽しいという感情を持ったのは初めてだ。

一人での練習がもどかしい。誰か、シャトルを打ち出してくれないだろうか。そう思ったとき、背後から声が聞こえた。

「あれ、夏帆コーチ」

振り向くと、ジャージ姿の静香が立っていた。ランドセルを背負い、ラケットケースを手に持っている。

「あ、静香」

「コーチ、なにやってるんですか？」

「私は、ええと、なんだ、その、最近ちょっと太ったからさ、会社に行くまえに運動してたのよ。静香こそ、こんな朝早くにどうしたの？」

「私はいつもこの時間に学校に来て、朝練してるんです」

「あ、そうだったんだ。自主的に？」

「はい」

時計は七時を指している。学校開始の八時半まで朝練をしていることになる。

「でも、体育館の鍵はどうしてんの？」

「勝手に使ってるんです。窓の鍵が壊れているところがあって、そこから入って」

「ああ、静香も知ってたのか。壊れている箇所があるって」

「というか、私が壊したんですけど。いつでも使えるように」

「ハハッ」夏帆は笑った。「そうだったんだ。あんたもやるもんだねえ」

静香の強さの源泉を見た気がした。静香は優等生タイプに見えて、勝つためには手段を選ばないところがある。練習するためなら、体育館の窓の鍵を壊すことも辞さない。向上心がどこかクレイジーなのだ。

「そっか。さすが、練習熱心だね。じゃあ、一緒にやるか？」

「はい」

「シャトル持ってる？」

静香はうなずいて、ズボンのポケットに手を入れた。重ねられた五つのシャトルを、左右のポケットからそれぞれ取りだした。計十個。

「よし、ネットを出そう」

静香は練習相手ができてうれしいのか、少し笑顔を見せた。ランドセルを置き、ネットを張ってから、ラケットを握った。準備運動はすませているようだ。学校まで走ってきたものと思われる。そこらへんは南緒に似ている。

「じゃあ、肩慣らしに試合でもすっか?」

「えっ」

「いつも力半分でやっているけど、今日は手加減なしだ」

静香は、小学生とはいえ、すでにインターハイレベルの実力を持っている。パワーはないとしても、テクニックとセンスは群を抜いている。

ネットをはさみ、シャトルを取った。一セットマッチ。

「行くよ」と夏帆は言った。

静香は試合になると、顔つきが変わる。相手が元オリンピック選手でも、負ける気はぜんぜんない。一瞬で顔が厳しくなった。勝負に徹する人間の顔だ。相手が強ければ強いほど、集中力が研ぎ澄まされていく。

なんだか楽しくなってきた。


早朝五時半、目覚まし時計のベルが鳴る。

起きだして、まずはシャワーを浴びる。それから昨日のうちに用意しておいたおにぎり四つ、鶏《とり》のささみのサラダ、コーンスープ、ヨーグルト、フルーツと野菜のスムージーを一気にかっこんだ。現役のころと同等の食事量に戻った。

朝ごはんを食べていたら、母が起きてきた。

「なに、あんた。最近、やけに早起きね。こんな朝早くに、なにかあるの?」

「ん、えっと、朝パチンコがあってね」

「パチンコ? こんな朝から」

「そう、朝パチ。最近、流行《はや》ってんだよ。朝のほうがよく出るんだ」

「ふうん」

母が、夏帆の嘘《うそ》を見抜いた様子はない。あきれ顔を浮かべながら、トイレに行って、また寝室に戻った。現役に復帰することは、まだ誰にも話していない。静香にも、内緒にしておくように釘《くぎ》をさしている。

朝練をはじめて二週間。現役時代の感覚がだんだん戻ってきた。

朝六時から八時まで体育館で朝練をする。それから会社に行き、仕事が終わったあとにジムに行って筋トレ。土日は、小野寺のクラブで練習する。ダイエットと称して、現役当時と同じメニューをこなしている。

この二週間で分かったこと。

まず、テクニックはさびついていない。もともと天性のセンスでやっていた部分だ。引退後も少なからず小野寺のクラブでラケットを握っていたことも大きかった。筋力もさほど落ちていない。数ヵ月で取り戻せるはずだ。

しかし体力は落ちている。現状、一試合もつかどうか。トーナメントの連戦を戦い抜く体力を、どこまで取り戻せるか。反射神経も落ちた。相手の返球に対して、パッと即応できたものが、ワンテンポ遅れてしまう。ただし、これは試合勘の問題だと思う。実戦を積んでいけば取り戻せるはずだ。

東京オリンピックまで三年。ぎりぎり間に合うかどうかというタイミングだ。一日も無駄にはできない。

朝ごはんを食べ終えて、家を出た。自転車に乗って、学校へと向かった。まだ通行人のいない道路を、顔面に風を受けながら、快調に飛ばした。八十メートルほど続く、学校までの坂道を一気に駆けのぼる。

自転車置き場に停めて、体育館に向かった。鍵が壊れた窓から侵入する。

時刻は六時。静香は七時に来る。それまでシャトルを使わないトレーニングをやっておく。

誰もいない体育館に、自分の足音だけが響いている。一人でする練習はつまらない。地味でつまらない練習ほど、大事なのだと分かっているが、つまらないものはつまらない。はやく静香が来ないかな、と思ってしまう。

しかし、静香のレベルには舌を巻く。すでに技術的には同等。これで身長が伸び、パワーがついたら、正直、勝てるかどうか。夏帆も天才と言われたが、静香もそうだと思う。加えて、静香には努力する才能もある。勝負に対する執着が強く、負ける自分は許せないという生粋《きっすい》の負けず嫌いだ。

同じ年齢のころの夏帆より上だ。

それは競技環境のおかげでもある。ここ五年でもかなり変わった。指導者の質も上がったし、大会のレベルも上がっている。父や稲葉がまいてきた種が、実を結びはじめたというのは、ある程度、事実だ。

なんだか最近、楽しくて仕方ない。

静香の影響も少なくないと思った。夏帆は十年に一人の逸材と言われた。静香もそう言われている。それを言うなら、志田もだ。かつてだったら十年に一人だった逸材が、近年はごろごろ出てくるようになった。

夏帆が全日本選手権で楽々と優勝できた時代は、遠い昔。そういうなかでシノギを削りたいという感情が、なぜか今になって芽生《めば》えてきて、わくわくしている。

だからこそ、あらためて思う。バドミントン選手として、どれだけ多くの時間を無駄にしてきたことか。

まあ、仕方ない。過去は過去。大事なのは、これからの三年間の過ごし方だ。

黙々と練習を続けた。

ふと時計を見る。七時を過ぎていた。だが、静香は来ていない。

「あれ、どうしたんだろ。寝坊か」

静香が遅刻したことはこれまで一度もない。めずらしい。

七時半になったが、静香は来なかった。

急に心配になってきた。風邪でも引いたのか。それとも……。

静香は携帯電話を持っていない。自宅の電話番号も知らない。小野寺に電話して聞けば分かるが、こんな朝に電話するのは気がとがめたし、なにより静香と朝練していることはまだ隠しておきたかった。

一人で練習していてもつまらなかった。それに、なにか胸騒ぎがする。静香の自宅は知っている。自転車で行けば、十分もかからない。

「静香んちに行ってみるか」

何もないならいいけど、確認までに。

荷物をまとめて、体育館を出た。自転車置き場に向かった。自転車の鍵を開けて、サドルにまたがった。

ふと地面を見ると、何かが落ちていた。歩いて近づいて、それを拾った。

バドミントンのシャトルだった。

三つ重ねられて、地面に落ちている。試合用ではなく、練習用の安価なものだ。新品ではなく、かなり使い込まれている。

「なんでこんなところに、シャトルが？」

夏帆が来たときは落ちていなかったはずだが。

「あれ、私が落としたのか。いや……」

分からないが、拾ったシャトルはとりあえずポケットにしまった。

自転車に乗り、加速する。静香の家へと向かう。

八十メートルの坂道を、今度は一気に駆けおりる。

自転車はどんどん加速していった。坂の途中まで来て、スピードをゆるめようと、ブレーキレバーを握ったところで気づいた。

感触がない。ブレーキがかからない。左右両方とも。

「え、え、え、どうして？　ヤバい」

自転車は勢いよく加速していく。ほとんど急滑降だ。

とにかくスピードを落とさないと。

ジグザグ走行することを思いついた。まっすぐ下るより、スピードが遅くなるはず。まず右にハンドルを切り、次に左に切る。その動作を小刻みにくりかえした。だが、思ったほどスピードは落ちない。

ちょうど下り坂の終わりまで来たところで、
右の曲がり角から車が来るのが目に入った。

ちょうどハンドルを右に切ったところ。急に左には切りかえられない。

ぶつかる。

ヤバいと思った瞬間には、車と正面衝突していた。強い衝撃があり、体が宙に投げ出されたのが分かった。

天地不明。視界はさかさまなので、頭が下を向いているのは分かった。

その勢いのまま、頭から地面に叩きつけられた――

2

目を開けると、夏帆は硬い椅子に座らされている。

椅子の背もたれに沿って、背筋をぴんと張り、両足をそろえている。夏帆はふとももが太いので、普段はガニ股《また》だ。こんな銀行員のような座り方はできないはずなのに、なぜか支障なく座っている。

真っ白い部屋だ。壁も床も天井も白。まるで銀世界。白い部屋というより、白の空間という感じだ。ドアも窓もないので、部屋という感じがしない。しかしドアも窓もない部屋にどうやって入ってきたのだろう。

まったくにごりのない、那須高原《なすこうげん》のような清涼な空気。宮殿のような間で、歴史的な重みさえ感じられる。

「ええと、私、なにしてたんだっけ？」

なぜここにいるのか、どうやって来たのかが思い出せない。

この独特の浮遊感はなんだろう。浮力なのか、それとも重力が弱いのか。エッシャーのだまし絵のなかにいるような不思議な感覚になる。

「あれれ、体が動かない」

手も足も動かなかった。動くのは、目と口、それと首をわずかに動かせるだけだ。見ることと話すことはできる。自分の心臓が動いているのかも定かではない。いや、そもそも息をしていない？

「なにこれ、どうなってんの？」

目の前に少女がいる。革張りの椅子に座り、デスクに向かって何かを書き込んでいる。背を向けているので顔は見えないが、りんと伸びた背中に大物感をただよわせている。黒髪のショートカットが光って見えるくらい艶《つや》めいていた。

なにか書いているのかと思ったが、しばらく見ていると、ペンを持った動作のまま静止していた。首がこくり、こくりと揺れている。

「ねえ、ちょっと」

夏帆が呼びかけると、少女はびくっとして顔をあげた。

「おお、やべえやべえ、居眠りしてた」

びしょぬれの犬みたいに、頭をぶるぶるっと横に振った。あらためて紙に記入し、スタンプを押してから、「済」と書かれたファイルボックスに放った。

少女は振り向いた。

身震いするほどの美少女だった。年は十代後半。女優のような輝く瞳《ひとみ》。まっすぐ通った鼻筋。あどけなさを残した、ふくらみのある唇《くちびる》。きりっとした太い眉《まゆ》に、形のいい福耳。顔立ちのはっきりした少女だ。

顔は日本人だが、どこか日本人離れしている。はっきり相手の短所を指摘しそうな、もの言う少女という感じがする。

フリルのついた白のトップスに、チェック柄《がら》のミニスカート。まるでこの子のために作られた特注品みたいに、細身の体型にぴったり合っている。細長い生足の先に、ダメージ感のあるスニーカー。化粧は薄めだが、そもそも化粧をする必要のない顔である。ピンクの口紅、左耳に水晶のイヤリング。

どんなオーディションでも一発合格するであろう、圧倒的な美貌《びぼう》だ。写真を修整したとしても、ここまで完璧《かんぺき》な造形にはならないだろう。

しかし目につくのは、背中にはおっている真っ赤なマントだった。少女には大きすぎるうえに、いやにどろどろした赤色で、否応《いやおう》なく血を連想させる。なんのために身につけているのかも分からず、異様に見える。

「閻魔堂《えんまどう》へようこそ。澤木夏帆さんですね」

少女は言い、タブレット型パソコンに目を落とした。

眠たげに、ふわあ、と大きなあくびをする。のどちんこまで見えそうなほど、まわりの目を気にしない大あくびだった。

「ええと、あなたは父・澤木明嵩、母・綾乃の次女として生まれた。父は全日本選手権五連覇の偉業を持つ、有名なバドミントン選手だった。その影響で、あなたは姉とともにバドミントンをはじめる。持ち前の才能で、さほど努力もせず、小中通して公式戦無敗。高二で全日本選手権優勝。高三でロンドンオリンピック出場。ベスト8に終わったものの、最年少出場記録を持っている」

「うん、そう」

「だが、そこがピークだった。もとの性格が怠惰で、飽きやすい。我慢と節制が苦手。欲望と快楽に忠実。練習は適当にこなして、終わったら大好きなパチンコに直行。お菓子もお酒も大好き。高校卒業後、本格的に競技の道に進むも、学生のころと比べて試合数が増えたこともあり、すぐにスタミナ切れになった。ランキングは落ちる一方、それでも国内一位の座は守っていたが、次第に日本のレベルも上がってきて、いい選手が豊富に出てくるようになった。焦ったあなたは、リオオリンピック代表選考の大会前になって、普段しない練習をしたため、左足前十字靱帯断裂の重傷を負う。そのまま誰に惜しまれることもなく引退した。引退後の人生は、うーん、語るほどのこともないですね。目標もモチベーションもなく生きている」

「まあ、そうだね、おおむね」

「とまあ、『ウサギとカメ』でいったら、ウサギの人生を地でいく澤木夏帆さんでよろしいですね」

「うん、いいよ」

少女はタブレットの画面を見つめていた。そして目を閉じる。深く考え込んでいるのかと思ったが、やがて、こくりこくりと頭が揺れはじめる。

「ちょっと、あんた、なに寝てんの？」

「ん？」少女は目を開ける。「ああ、また眠っちゃった」

「寝不足？」と夏帆は聞いた。

「ええ、昨日遅くまで、家族で『マリオカート』で遊んでいたもので」

「『マリオカート』って……、ああ、テレビゲームの」

「さて、どうするかな」

少女は寝ぼけまなこで、ふたたびタブレットに目を向けた。

「ねえ、ところで、ここはどこなの？　あなたは誰？」

「ここは閻魔堂で、私は沙羅《さら》です。漢字で書くと、さんずいに少ない、修羅場の羅。閻魔大王の娘にあたります」

「沙羅ね。で、閻魔大王の娘ってなに？　閻魔大王って、あの地獄にいて、罪の軽重を審判するとかいう人でしょ。あ、人じゃないのか」

「人ではないですね。あえて言えば、物理的に実在するメタファーです。ただ、物理法則のありようが地球上とは異なるだけです」

「なにそれ、よく分からない」

「分からなくていいです。分かる必要はありません」

「どうなってんだ。夢でも見てんのか、私」

「夢ではありません。閻魔大王は、人間の空想上のものではなく、実際に存在するもう一つの現実なのです――」

沙羅の説明は続いた。人間は死によって、肉体と魂が切り離され、魂のみ、ここ霊界に送られてくる。閻魔堂は霊界の入り口にあたる場所で、ここで生前の行いを審査され、天国行きか地獄行きに振り分けられる。

本来であれば、ここには沙羅の父・閻魔大王がいる。しかし昨夜「マリオカート」に熱中しすぎて徹夜になり、朝になっても起きられなかったので、仕方なく娘の沙羅が代理を務めているという。

自分が置かれている状況は分かった。ここが「この世」ではなく、「あの世」なのだと言われたら、もう納得するしかない。沙羅が手にしているのは電子版閻魔帳で、夏帆の人生がすべてデータ化されて記録されているのだろう。

「ええと、じゃあ、私は死んだの？」

「そういうことです」

「嘘っ。マジで？　でも、なんで？」

「轢死《れきし》です。交通事故ですね。車にひかれて」

「車？　……あっ」

ふいに思い出す。死の直前の映像。

坂を自転車で下っている途中、ブレーキが壊れていることに気づいた。ちょうど角を曲がってきた車にはねられた。視界がさかさまになっていたのが、最後に見た光景。地面に叩きつけられる衝撃を最後に、記憶がとだえている。

しばらく放心していた。

あっけない交通事故。前触れも予兆もなかった。まあ、交通事故で死んだ人は、こんなものなのかもしれないけど。

沙羅は言った。「さてと、どうするかな。あなたの人生における功績といえば、オリンピックに出たことくらいですね。でも、それだけじゃあな。やっぱりメダルを取るくらいじゃないと、功績としては認められないですね」

「まあ、そうだね。バドミントン界以外では、誰も私のこと知らないし」

「基本的になまけもの。遅刻もよくするし、それを悪いことだとも思わない。寝坊しちゃったんだから仕方ないじゃん、くらいに考えている。生活はとにかくだらしない。ゴミの分別もちゃんとしない。目先の欲望にすぐ負ける」

「それも否定できないね。確かに」

勉強であれバドミントンであれ、一生懸命やったことがない。一生懸命やらなくても、できてしまうことが多かった。

「じゃあ、地獄行きで」

「は？　なんで私が地獄行きなのよ。犯罪者でもないし、地獄行きになるような悪いことはしてないはずだけど」

「まあ、そうですね。究極、だらしないだけです」

「じゃあ、天国行きでいいでしょ」

「でもなあ、天国行きにする積極的な理由もないし」

「地獄行きにする積極的な理由もないでしょ」

「それはそうだね。どっちでもいいっちゃ、どっちでもいいけど」

「だったら天国行きにしてよ」

「でも、そう言われると地獄行きにしたくなっちゃう。そんな年ごろなんです、私」

「なんだそりゃ」

「じゃあ、地獄行きで」

「嫌だって。地獄なんか行きたくない」

「でも、そのだらしない性格は、やっぱり一度、地獄に落として矯正したほうがいい気がするなあ」

「やだって。地獄なんて絶対に嫌。それに、私なりにけっこう頑張ったよ。オリンピックだって、誰でも行けるわけじゃないんだし」

「それもなあ、しょせん持って生まれた才能だけだもんなあ、あなたの場合。たとえばお金持ちの家に生まれて、お金をたくさん持っていたからって、偉いわけじゃないし、天国に行けるわけでもありません。お金をたくさん持っている人が偉いんじゃなくて、そのお金を自分のためじゃないことに使って、世の中の役に立った人が偉いんです。お金を自分の欲得のために使うだけなら、むしろ地獄行きです。同様に、持って生まれた才能があるなら、それをどのように、なんのために使ったのかが重要なんです。才能があっても努力しなかったら意味ないし、逆に才能はなくても、あなたの姉のように懸命に努力して頑張ったのなら、それを評価するのが霊界の、いや、閻魔の基準です。生まれ持ったものではなく、生まれたあとに何をしたか」

「…………」

「勝ったか負けたか、成功したか失敗したかは重要ではありません。大事なのは、持って生まれた己の宿命から逃げずに、向き合って戦ったか。バドミントンの才能を持って生まれたのなら、その才能を使って何を成し遂げたか、その才能をどこまで磨《みが》きあげたかが大事なんです。あなたの場合、そのもっとも大事な部分が抜けています。あなたは、なにほどのこともしていません。練習はサボりがち。練習後のパチンコのためにつねに余力を残していたくらいですから」

「そう言われると、ぐうの音も出ないけど。でも、これから本気を出してバドミントンをやるつもりだったんだって」

「そうみたいですね。急に朝練なんかやっちゃって。でも、どうせあなたのことだから、三日坊主《みっかぼうず》に終わったことでしょう」

「いや、そんなことない。今回は本当に本気だった」

「じゃあ、地獄行きで」

「だーかーらー、なんで私が地獄行きなのよ。絶対に嫌だからね」

「やれやれ」沙羅はあきれ顔を浮かべた。「ま、天国行きでもいいか。なにせブロンズカード保持者の娘だし」

「ん、ブロンズカード? なにそれ?」

「人類に地球規模の多大な貢献をした人に贈られるのがゴールドカード。文化芸術その他の分野で、社会の発展に寄与した人に贈られるのがシルバーカード。そして、そこまでじゃないけど、自分の能力の範囲内で精一杯生きて、世のため人のために尽くした人に贈られるのがブロンズカードです。あなたの父は私心を捨て、時には私財をなげうって、日本バドミントン界の発展に貢献しました。その功績をたたえ、死後にブロンズカードが進呈《しんてい》されています」

「へえ、そうなんだ。すごいね」

冷静に考えれば、父もつい最近、ここに来たはずなのだ。

「じゃあ、うちの父は今、天国にいるの？」

「ええ。天国にいて、愛する綾乃さんが来るのを待つとのことです」

「アハハ、純愛だねえ」

両親は、いちゃつくカップルではなかった。父は「愛してる」も「ありがとう」も言わない人だったし、母もそんなことは求めなかった。でも深いところで通じ合っていたのは分かっている。

「では、明嵩さんに免じて、あなたを天国行きにします」

沙羅が言った瞬間、何もなかった部屋の壁に、ドアができていた。

「天国行きなので、そこのドアを開けてください。階段があるので昇っていくと、天使が待っています。あとは誘導に従ってください」

「そう。なんか悪態《あくたい》ついちゃって悪かったね、沙羅。あんた、見かけによらず、いい奴《やつ》だったね。サンキュー」

足が動く。立てそうだ。立つというより、浮くという感じだが。

「じゃあ、天国に行くかな。あ、そうだ。そのまえに聞きたいことがあるんだけど」

「なんですか？」

「静香はどうして朝練に来なかったの？」

「…………」

「なんか胸騒ぎがするんだよねえ。ねえ、どうして静香は朝練に来なかったの？　なんでもないんなら、いいんだけど」

「教えられません」と沙羅は言った。

沙羅は、譲歩の余地なしとばかりに、顔をそむけた。その顔をよく見てみる。なにか隠しているふうでもある。

「ねえ、沙羅。静香になにかあったの？」

「…………」

「あったんだね。やっぱり私の第六感は当たるんだ。病気？　それとも事故？」

「教えられません」

「全部じゃなくていい。ちらっとでいいから、教えてよ。天国に行くにしても、ずっとモヤモヤしちゃいそうだし」

「無理です。死者が生前知らなかったことは教えてはならない。これは霊界における絶対的なルールなんです。したがって、なぜ静香が朝練に来なかったのかも教えられないし、あなたが誰になぜ殺されたのかも教えることはできないんです」

「えっ、殺された？」

「あ、やべ。言っちゃった……」

沙羅は、ぺろっと舌を出した。しくじった、という顔をしている。

「ねえ、どういうこと？　今、殺されたって言ったよね。私、殺されたの？　私の死因って交通事故じゃなかったの？」

「あー、面倒なことになったな」

「ということは、どういうことだ。自転車のブレーキが壊れていたのは、自然発生的な故障ではなく、人為的に壊されていたってこと？」

車にひかれたこと自体は、事故だったと思う。しかしその事故の原因となるブレーキの故障は、誰かの故意によるものだった。

そう考えたほうが、自然といえば自然だ。学校に来るまではブレーキは正常に作動していた。それが突然、しかも左右ともに壊れていたのだ。

「では、どうぞ天国へ」

「こんな状態で天国に行けるわけないでしょ。ねえ、沙羅。そういうことでしょ。私の自転車のブレーキを故意に壊した人間がいたってことだ」

「まいったなあ、もう」

「なんで私が殺されなきゃならないのよ」

「知りませんよ。たぶん、なにかのめぐり合わせでしょう」

「何がめぐり合わせなのよ」

「たとえばカミナリが落ちて死んだ人がいたとしても、カミナリがその人に向かって落ちたのではなく、たまたまカミナリが落ちた場所にその人がいただけ、ということです。人間の生き死にに必然性なんてありませんから」

「知らないよ、そんなこと。ねえ、沙羅。お願い。私を生き返らせて」

「なんでそういう話になるんですか。天国に行くって言ってたじゃないですか」

「それは事故死だと思っていたから。自分の不注意で死んだのなら、しょうがないと思っただけ。殺されたんなら、話は別」

「面倒くせえなあ、もう。なんで口をすべらせちゃったんだろう」

「ねえ、私を生き返らせて」

「無理です。大人しく天国に行ってください」

「嫌。行かない」

「じゃあ、地獄に落とします」

「それも嫌。ねえ、この際だから、私のことはいい。せめて静香のことだけでも教えて。じゃないと、この胸騒ぎがおさまらない」

「だから教えられないんですって」

「じゃあ、私もここを動かない」

「もうっ。はやく仕事を終わらせて、寝たいのに。どうして毎度毎度、私のときにかぎって、こういう面倒くさい奴らが来るんだっ！」

沙羅は頭を抱えた。しばらくして、小さく息をついた。

「しょうがない。じゃあ、こうしましょう。先ほども言った通り、あなたが生前知らなかったことを、私が教えるわけにはいかない。しかし、あなたが自分で推理して言い当てるぶんにはかまわない。あなたが誰になぜ殺されたのか、静香がなぜ朝練に来なかったのかもふくめて、あなた自身で推理して真相を言い当てることができたら、生き返らせてあげましょう」

「自分で推理して？　いや、無理でしょ。訳分かんないし」

「そんなことはありません。今、あなたの頭の中にある情報だけで、ちゃんと真相を導きだすことができます」

「そうなの?」

「じゃないとアンフェアですから。ただし、リスクは負ってもらいます。不正解なら、閻魔に無駄な時間を使わせた罰として、地獄に落とします」

「要するに、このままなら天国行き。ゲームに参加するなら生き返りのチャンスもあるけど、地獄行きのリスクもあるってことね」

「そういうことです」

沙羅は顔色を変えずに言った。その表情から、脅しでないことは伝わった。

はたして、できるかどうか。

現時点では、見当もつかない。しかし沙羅によれば、いま頭の中にある情報だけで、すなわち推理力だけで犯人を特定できるという。推理小説はたまに読む。けっこう犯人が分かっちゃったりする。論理ではなく直感で。

やってやれないことはない。なにより、このまま死ねない。

また生まれ変わるとしても、まったくの別人だ。その別人は、たぶんバドミントンをやっていない。やっていたとしても、私ほどの才能は持っていない。

初めてバドミントンの楽しさが分かってきたところだった。もっと真剣に、もっと本気で取り組んでおけばよかったと、本心から思う。死んだとき、もっとも未練の残ることがバドミントンになるとは思いもしなかった。

「分かった。やる」と夏帆は言った。

「分かりました。私も忙しいので、制限時間は十分とします」

「スタート」

沙羅は言うなり、タブレット型パソコンに指でタッチしてなにやら操作してから、デスクの上に立てかけた。席を立ち、真っ赤なマントを脱ぎ捨てる。冷蔵庫を開けて、牛乳瓶を取りだす。マニキュアを塗った長い爪《つめ》で、厚紙のフタを外し、腰に手をあてて一気に飲みほした。ぷふぁ、と息を吐いた。

「じゃあ、私はひと眠りするんで、よろしく」

沙羅は自立式ハンモックを広げ、抱き枕《まくら》をかかえて寝転んだ。横になり、息を吸い、吐き、吸い、吐いたときにはもう眠っていた。

生まれて初めて接するタイプの生き物だ。

見た目はかわいい美少女だが、やはり同族という感じはしない。アニメに出てくる魔法使いの女の子みたいだ。野生の熊《くま》と対峙《たいじ》したときのような、隙を見せたら食われそうな怖さもある。同時に、すべてを見透かされ、手の平で転がされているような器の大きさもあって、不思議としか言いようがない。

体はふたたび動かなくなっている。つまり頼れるのは、己の頭脳のみ。

まずは死ぬまえの状況を思い出してみる。

あの日、六時に体育館に来て、朝練をはじめた。静香は七時に来る予定だった。だが、その日にかぎって来なかった。胸騒ぎがしたので、確認のため、静香の自宅に行ってみようと思った。自転車に乗り、勢いよく坂を下ったところで、ブレーキが壊れていることに気づいた。車にはねられて死んだ。

沙羅が言う通り、殺されたのだとすれば、誰かが夏帆の自転車のブレーキを壊したことになる。確かに学校に来るまでは正常に作動していたブレーキが、急に左右ともに利かなくなるのはおかしい。

問題は、誰がなんのために自転車のブレーキを壊したのか、だ。

「二分経過、残り八分です」

タブレットから、沙羅の声が聞こえた。タイマーをセットしたらしい。

あらためて、誰がなんのためにブレーキを壊したのか。

沙羅は「殺された」と言ったが、実際に殺意があったかは分からない。夏帆が故障に気づかないまま、坂を下ってしまい、そこにたまたま車が来たから死んだ。でも、そこまで計算していたとは思えない。

自転車のブレーキを壊すというのは、きわめて悪質ないたずらだが、せいぜい壁にぶつかってケガをする程度で、死ぬことまでは想定していなかったはず。あえて言っても「未必の故意」止まりだ。死んでもかまわないけど、実際に死ぬ可能性は低い。それくらいの認識だったと考えられる。

だとしたら犯人の目的は、可能性としては二つ考えられる。

一つは、夏帆にケガをさせること。ブレーキが利かなくて壁に激突したり、あわてて転倒したりすれば、骨折くらいのケガを負う可能性は充分にあった。

もう一つは、夏帆に自転車を使わせないこと。夏帆は故障に気づかずに走りだしてしまったが、むしろそれは犯人にとって想定外だったのかもしれない。でも、なんのためにかは分からない。自転車が使えなくなったからといって、会社に遅刻するくらいのことだ。それが犯人の目的だろうか。

いや、これは単純ないたずらではない。殺意まであったかどうかは不明だが、夏帆にケガをさせるくらいの悪意はあったはずだ。会社に遅刻させることが目的なら、そもそも自転車を盗むとか、両輪ともパンクさせるとかでいい。ブレーキを壊すという手段に、やはり加害の意志を感じる。

とりあえず容疑者を絞ろう。

犯人の条件は、第一に夏帆に対して加害の意志を持っていること。

誰かに恨まれている覚えは特にないが、夏帆はふてぶてしい性格なので、気に入らないと思っている人はいたかもしれない。ただ、ブレーキを壊してケガをさせてやろうとまで考える陰湿な人間に心当たりはない。

第二に、夏帆があの体育館で朝練していることを知っている人物。

現役復帰すること、また、朝練していることは誰にも話していない。知っているのは静香だけだ。まあ、夏帆に恨みがあって、ずっと監視していたなら、朝練していることを知っていたとしてもおかしくない。早朝の学校なので、誰にも見られずにブレーキを壊すことは可能だった。

今のところ、容疑者の条件はこの二つだけ。

犯人の目的は、夏帆にケガをさせることだった。そして、犯人は夏帆が朝練していることを知っていた……。

「えっ、まさか」

突然、ひらめいた。直観的にこれが正解だと感じた。

「じゃあ、犯人の目的は、私の現役復帰を阻止すること?」

「四分経過、残り六分です」タブレットから声が流れた。

そう、犯人の目的は、夏帆の現役復帰を阻止すること。もっと限定していえば、東京オリンピック出場を阻止することかもしれない。

東京オリンピックまで三年。逆算して、一年で戦えるフィジカルを取り戻し、次の一年で大会に出てランキングを取り戻し、最後の一年で代表選考を勝ち抜くという三ヵ年計画だった。今の時点で、ぎりぎりのタイミングである。スタートが半年遅れれば、いや、三ヵ月遅れただけで、もう間に合わない。

つまり犯人の目的は、夏帆に全治三ヵ月以上のケガを負わせること。

自転車事故で骨折でもすれば、三ヵ月は練習に戻れない。それで東京オリンピックには間に合わなくなる。それが犯人の目的だった。

だとしたら、犯人はかなり身近にいる。夏帆の現役復帰を阻止して得をする人物なのだから、バドミントン関係者にほぼ限定できる。

パッと浮かぶのは、稲葉だ。稲葉が夏帆のことをよく思っていないのは、あのときの口ぶりでも明らかだ。日本バドミントン界がのぼり調子のときに、夏帆みたいな選手に復帰してほしくないというのが本音かもしれない。

志田もそう。夏帆が復帰したら、父の名が汚れるとまで言っていた。

なにより南緒。オリンピック代表枠は二つ。現状では世界ランク三位の志田と、十二位の南緒だが、二人のあいだにはかなり力の差がある。そこに夏帆が復帰して、もとのレベルに戻れば、志田と夏帆が代表になり、南緒は押しだされる。夏帆にもっとも復帰してほしくないのが南緒かもしれない。

ふと思う。まさかとは思うが、可能性としては静香もありうる。静香は、三年後は十五歳。その成長スピードを考えると、選考レースにからんでくる可能性もある。自国開催のオリンピックである。静香も出たいはず。ライバルを一人でも減らすために、ケガをさせようとしたとも考えられる。

いずれにせよ、容疑者はバドミントン関係者に絞っていい。というか、他の動機だとすると、もう推理のしようがない。

犯人の立場で考えてみる。

犯人は、夏帆に現役復帰の意志があることを知った。犯人はそれを阻止したかった。特に東京オリンピック出場を。そのためにはケガをさせればいい。全治三ヵ月でいい。骨折なら充分だ。夏帆は、四月のシーズン開幕に向けて調整していた。しかしケガで三ヵ月練習できなければ、来年四月に間に合わなくなり、結果的に東京オリンピックまでのシナリオは崩れる。そう、三ヵ月でも遅らせれば、オリンピックに間に合わなくなるという計算が犯人にはあった。

犯人がいつ、どのようにして夏帆に現役復帰の意志があることを知ったのか。そこはちょっと分からない。

夏帆自身としては、父の死とその遺言に触発された部分は否定できない。また、稲葉や志田や南緒に言われた言葉にカチンときて、それならやってやろうじゃないかという気持ちになったのも確かだ。

はっきりと意志を持ったのは、すのこが壊れたときと、外に飛び出したハナを全力疾走で追いかけたときだ。それで左足が完全に治っていることを知った。それまでは復帰しようにも、この左足では難しいだろうと思っていた。

いずれにせよ、犯人はどこかで知ったのだ。そして夏帆が朝練していることを知り、どうすれば復帰を阻止できるかを考えた。自転車のブレーキを壊すだけだから、証拠を残さなければ捕まることはない。事故で片づけられる可能性も高い。夏帆自身、ただの交通事故だと思っていたくらいだ。

「六分経過、残り四分です」

もう四分しかない。この線で考えていくしかない。

犯人の目的および行為はなんとなく分かった。容疑者も絞られた。しかし本題はこれから。どうやって犯人を特定するか。

現実世界にいれば、アリバイ調査や容疑者への尋問などで、犯人を特定することも不可能ではない。しかし死んだ今、それはできない。というか、その必要もないのだ。今ある情報だけで犯人を特定できるというのだから。

たぶん、どこかに情報の見落としがあるのだ。すべての情報を拾いあげきれていないから、犯人に到達できない。

「ねえ、沙羅」

夏帆は大声で叫んだ。だが、沙羅は完全に熟睡している。

「ねえ、沙羅。起きてよ。聞きたいことがあるんだけど」

大声で叫んだが、起きる気配はない。抱き枕をかかえながら、子犬のごとく気持ちよさそうに眠っている。

「おーい、こらー、起きろー！」

人間ならまず目覚める音量だが、やはり生き物としての種類がちがうようだ。ヒントでももらえないかと思ったが、無理らしい。

仕方ない。もう一度、あの日、死ぬまでの過程を思い出してみる。虫めがねで見るように、細かいことも見落とさず、完璧に記憶を呼び起こしてみる。

朝五時半、起床。朝ごはんを食べていると、母が起きてきて、言葉をかわした。六時には体育館に来て、練習をはじめていた。七時になっても静香は来なかった。静香の家に行ってみることにした。体育館を出たのは七時半ごろ。自転車に乗り、坂を下って、ブレーキが壊れていることに気づいた。

体育館に行くまでは、自転車のブレーキは作動していた。つまり犯人がブレーキを壊したのは、六時から七時半のあいだ。

そもそもだが、なぜ静香は朝練に来なかったのだろう。静香がブレーキを壊した犯人という可能性もあるわけだが。

「あ、そうだ」

ふいに思い出す。静香の家に行こうと自転車に乗ったところで、地面に落ちていた三つのシャトルを拾った。

なぜ、あんなところにシャトルが落ちていたのか。

夏帆もシャトルは持っていたが、静香が来るまでは使わないので、バッグに入れたままだった。自分が落としたのかと思ったが、冷静に考えれば、そんなわけない。また、六時に体育館に来たときは、シャトルは落ちていなかった。そう考えると、シャトルが落ちたのは六時から七時半のあいだ。

六時から七時半のあいだ、そこにいたのは犯人。とすると、シャトルを落としたのは犯人ということになる。

いや、そうとはかぎらない。

犯人がブレーキを壊したのは、六時から七時半のあいだ。地面に落ちていた三つのシャトル。朝練に来なかった静香。これらが示すものは……。

「えっ。じゃあ、静香は朝練に来ていたのか」

つまり、こういうことだ。静香はいつも通り、七時に学校に来ていた。そして自転車置き場の前を通ったとき、犯人と出くわしてしまった。犯人はそのとき、夏帆の自転車のブレーキを壊している最中だった。つまり静香は、まさに犯行現場を目撃してしまったことになる。それで、どうなったか。

犯人は静香を誘拐したのだ。犯行を隠蔽《いんぺい》するために。

犯人は車で来ていたのだろう。静香はまだ小学生、体格は子供である。大人なら、むりやり抱きかかえて車に乗せることも可能だ。あるいは、凶器などで脅して抵抗をふせいだうえで、車に乗せたのかもしれない。

ともかく車で誘拐した。まだ朝七時、学校には誰もいない。

つまりあのシャトルは静香の持ち物。

静香はシャトルをズボンのポケットに入れていた。誘拐されたとき、もみあいになって落としたのかもしれない。

だから静香は朝練に来なかった。そう考えるのが、もっとも自然だ。

「静香は誘拐されたんだ。犯行現場を目撃してしまったがために」

犯人の第三条件は、車の免許を持っていること。容疑者でいうと、稲葉、南緒は持っている。志田は知らない。

「八分経過、残り二分です」

静香は無事だろうか。すでに殺されている可能性もある。

静香について聞いたとき、沙羅は沈黙した。あの沈黙は、静香が危険な状況にあることを示唆《しさ》していたのだ。

残り二分。推理はいいところまで来ている。

静香は犯人に誘拐された。その際、持っていたシャトルを落とした。犯人はそれに気づかず、静香を車に乗せて連れ去った。ここまではいい。しかし、これだけでは犯人を特定できない。まだ情報に見落としがあるのか。それとも情報としては持っているけど、その意味に気づいていないだけか。

考えろ。答えは必ずこの脳の中にある。

ふと、ひらめいた。シャトルをあえて落としたのだとしたら。

もみあいになって落ちたのではなく、静香の意志で落としたものだとしたら。

静香の立場で考えてみる。

静香は犯人に捕まり、車に乗せられて誘拐された。だが、とっさに自分が誘拐されたことを示す手がかりを、現場に残したのだとしたら。

静香はただの小学生ではない。ジュニアチャンピオンであり、将来のオリンピック候補である。そう、静香なら不可能ではない。トップアスリートにとっての一秒は、普通の人の一秒ではない。ゼロコンマ何秒のなかでも、脳内ですばやく情報処理し、ただちに行動に移せるのがトップアスリートだ。

静香は瞬時に手がかりを残した。それが三つのシャトル。

静香は朝練に来るとき、ランドセルを背負い、手にラケットケース、そしてズボンのポケットにシャトルを入れていた。誘拐されるとき、犯人に気づかれないように、とっさにポケットに手を入れてシャトルを落とした。

しかし、それだけでは誘拐されたことを示す手がかりにはなっても、犯人の特定には結びつかない。今、頭の中にある情報だけで犯人を特定できるのだ。まだ、どこかに手がかりが残っているはずなのだ。

待てよ。

静香はシャトルをケースに入れず、そのまま五つ重ねてポケットに入れていた。とっさになんでもいいから自分の持ち物を落とそうと思ったのだとしたら、重なっている五つのシャトルをまとめて落としたほうが簡単だったはずだ。

あえて三つ落としたのだとしたら。

ズボンのポケットに手を入れ、五つ重なっているシャトルのうち、あえて三つだけを抜いて地面に落とした。

三という数字に意味があるのか。

三つのバドミントンのシャトル。三つのシャトル。三つの羽根……。

庭には二羽ニワトリがいる……。

「まさか、そういうこと?」

「残り十秒です」タブレットから沙羅の声が流れた。「十、九、八、七、六」

三つのシャトルが示すもの、それが犯人だ。だとすると、犯人はあの人だが、動機が分からない。でもこれ以上、考えようがない。

「五、四、三、二、一、ゼロ。終了です」

タブレットが言い終えた直後、突然、部屋が揺れはじめた。

巨大な地震だった。震度7を超えるくらいの、強烈な揺れだ。しかし夏帆は椅子に張りついている状態のため、揺れに身をまかせるしかない。ハンモックで寝ている沙羅は、まるでブランコみたいに大きく揺れていた。

地震がおさまった。不思議なことに、あれほど揺れたにもかかわらず、デスクの上の物はまったく動いていない。

沙羅は目をさました。大きなあくびをし、ハンモックから下りた。両腕をあげて背筋を伸ばし、あらためて真っ赤なマントをはおる。

「で、犯人は分かりましたか？」

「ええ、たぶん」と夏帆は答えた。

3

「では、解答をどうぞ」

「うん。発端は、私に現役復帰の意志が芽生えたこと。犯人がどのようにしてそれを知ったのかは分からない。でも犯人は、私の現役復帰を、ひいては東京オリンピックへの出場を阻止したかった。オリンピックまで三年。復帰するにはタイミング的にぎりぎり。逆に言えば、練習再開を三ヵ月遅らせるだけで、オリンピックに向けての私の三ヵ年計画をぶち壊しにできる。そこで犯人は、私の自転車のブレーキを壊すことにした。自転車事故でも起きれば、骨折くらいしてもおかしくない。

私は朝練を開始していた。犯人はそのことも知っていた。そしてあの朝、私が体育館にいるうちに、学校の駐輪場で、私の自転車のブレーキを壊していた。しかし、そこに静香が来てしまったんだ。静香は、まさに犯行現場を目撃してしまった。犯人はあわてた。たぶん車で来ていたのでしょう。静香を車に連れ込んで誘拐した。だから静香は朝練に来なかった。

「OKです。で、どう、ここまでの推理は？」

「美輪さんです」

「その心は？」

「現場に落ちていた三つのシャトル。あれは静香が残した手がかりだったんだ。美輪さんはただの大人の男じゃない。まだ三十代で、元オリンピック選手でもある。静香も力ではかなわず、連れ去られた。でもとっさに、自分が誘拐されたこと、その犯人を示す手がかりを残した。車に連れ込まれるまでの、ほんのわずかな時間に、自分が持っていたシャトルをあえて三つだけ地面に落とした。

静香は、代表監督である稲葉や、南緒や志田のことは知っていた。でも元オリンピック選手ではあってもメダルを取ったわけではない美輪さんのことは知らなかった。だから私に『誰ですか？』と聞いた。私は『美輪』と答えた。でも静香は、ミワと聞いて、三つの羽と書いて『三羽』だと勘違いしてしまったんだ。というのも、直前に『庭には二羽ニワトリがいる』という話をしていたから。静香の中で『ニワ＝二羽』、『ミワ＝三羽』というふうに連想しちゃったんだね。だから美輪さんのことは、三羽だと思っていた。犯人はその三羽だという手がかりを残すために、とっさに三つのシャトル、すなわち三つの羽根を落とした。どう、これが正解でしょ」

沙羅は足を組んだ姿勢で、椅子の背もたれにもたれかかった。

「いいでしょう、正解です」

「やっぱり」

「犯人は分かってしまったので、少し補足説明をしてあげましょう。犯人は美輪洋介。動機は、あなたの東京オリンピック出場を阻止することです。発端は、あなたの父が残した遺言です。実は、あなたの母が最初にそれを見せたのは稲葉でした。明嵩さんは、盟友である稲葉には正確な病状を伝えていました。明嵩さんはあなたの現役復帰を願っていましたし、もちろん稲葉も分かっていました。

稲葉はその遺言を読んで、すぐにバドミントン関係者を集めました。小野寺、美輪、志田、南緒らです。あなたがひねくれ者だということは分かっています。父の遺言を見せて復帰を勧めても、どうせ『やらない』と言うだけ。そこで稲葉は、あなたのそのひねくれた性格を逆手《さかて》に取る作戦に出ました。

あえて、みんなの前であなたをこき下ろしたんです。感情を逆なでして、それならやってやろうじゃないかという反骨心を引き出させるためです。『やれ』と言われたら『やらない』と答えるが、『二度とバドミントンをやるな』と言われたら、かえってやる気になるだろうと。そのうえで、父の遺言を見せる。

志田や南緒も憎まれ役を買って出ました。だからあの場で、ああいう言い方をしたんですね。すべて稲葉と口裏を合わせたうえでのことです。実際、あなたは腹を立てて、逆にやる気を起こしました。そのあとで小野寺がタイミングを見計らって復帰を持ちかけ、サポートしていく作戦でした」

「じゃあ、私は手の平で転がされていたってわけ？　それも癪にさわるな」

「でも一人だけ、逆の行動を取ったのが美輪です。彼はあなたに復帰してほしくなかったので、稲葉の作戦とは真逆のことをしました」

「でも、なんで美輪さんが？　私が現役復帰しようが、美輪さんにはなんの関係もないはずなのに」

「そんなことはありません。というのも、美輪と南緒は交際しているんです」

「えーっ！」

「今のところ二人だけの秘密ですが。南緒は年齢的にも東京オリンピックを最後に引退するつもりで、美輪と結婚する約束もしています。現在、南緒は日本二位。一位の志田とはかなり差がある。そこにあなたが復帰したらどうなるか。あなたの才能は美輪も分かっています。オリンピックの女子シングルス出場枠は二つ。志田とあなた、この二人の才能に南緒は勝てないだろうと、美輪は冷静に見ていました。

美輪は、南緒がどれだけ努力してきたかを間近で見ています。しかし努力など、才能の前では意味をなさないことも、スポーツ界の現実として知っている。南緒を東京オリンピックに出場させてやりたい。そのためには、あなたの現役復帰を阻止しなければならなかった。あのお別れ会の席でも、彼はそれとなくあなたの表情をうかがっていました。そして稲葉たちの働きかけもあり、復帰に気持ちが傾いていることを察した。『現役に戻るつもりはないのか？』と問いかけたとき、『ない』と答えたあなたの言葉の裏で、別の感情がうごめき出していることも感じ取った。

美輪は、ケガをさせればいいと考えました。オリンピックまで三年。今から練習を再開しても、時間的にぎりぎりということは彼も分かっていました。つまりあなたの練習再開を、数ヵ月遅らせるだけでいい。その時点で、あなたはまだ復帰への意志を固めていませんでした。ただ、もやもやしていただけです。実は、すのこに切れ目を入れたのも、柵の扉の留め金をゆるめたのも彼です。すのこが壊れて反射的に飛びはねたり、外に飛び出したハナを追って急に全力疾走したりすれば、左足の古傷が再発するかもしれないと見越して。あなたは面倒くさがって、リハビリを途中でやめてしまったため、足が完全に治っていない可能性があると考えたんですね」

「そうなんだ。それも美輪さんのしわざだったんだ」

「しかし結果的に、この二つのことがきっかけで、あなたは自分の左足が完全に治っているという確信を持った。そして復帰の意志を持って、朝練を開始した。実はあなたが朝練していることを、あなたの母は知っていました。そのことは稲葉にも伝えられていました し、同時に美輪も耳にしていました。

美輪はいよいよ焦りました。あなたが本格的に現役復帰したら、やる機会がなくなるかもしれない。やるなら今。そこで朝練に自転車で来ていることを知って、自転車のブレーキを壊すことにした。あなたがブレーキの故障に気づかずに走りだせば、事故を起こしてケガをするだろうと思って。殺意はありませんでした。骨折くらいしてくれれば御《おん》の字といった気持ちです。

そして当日。実は、美輪は前日にも来て、あなたの練習風景をこっそり見ていました。したがって静香が七時に来て、一緒に練習していることも知っていました。彼は六時半に車で来て、あなたが体育館にいるのを見て、自転車のブレーキを壊しにかかりました。しかし、そこに静香が来てしまったんです。その日、静香は早く目がさめてしまい、あなたが六時には来ていることを知っていましたから、いつもより早めに体育館に来たんです。美輪からすると、まさに犯行中に静香が現れたわけです。パニックになりました。静香はその様子を見て、危険を感じ、逃げようとしました。美輪はあわてて静香を捕まえ、車のトランクに押し込みました。

静香は、あなたの言う通り、美輪を『三羽』と認識していました。そこで、とっさにシャトルを三つ落としました。そう、三つの羽根です。シャトルは右のポケットに五つ、左のポケットに五つ入っていました。急に襲われたにもかかわらず、とっさに三つだけ取って、美輪に気づかれないように落としたんです。自分が誘拐されたこと、その犯人が三羽であることをメッセージとして残しました」

「それで、静香はどうなったの？」

「実はあなたの死後、約二日が経過しているのですが、現在も監禁されています。美輪はひとまず祖父が所有している葉山《はやま》の別荘に向かいました。誰も使っていない別荘なので、静香をトランクから出し、一室に閉じ込めました。しばらくして南緒から電話が入り、あなたが事故死したという報を聞きました。警察が事故原因を調べたところ、人為的にブレーキが壊された形跡があり、事件性があると見て、捜査を開始しています。静香にはブレーキを壊しているところを目撃されていますから、ますます生きて解放するわけにはいかなくなりました。

静香が学校に来ていないことから、担任から親に連絡がいきました。そして行方不明ということで、今のところ、あなたの事故死との関連性は分かっていませんが、誘拐の可能性もあると見て、捜査が開始されています。美輪は、静香を殺すこともできず、かといって自首もできず、途方に暮れています」

「そうなんだ。とりあえず静香が無事でよかった」

しかし、いつまでも安全である保証はない。美輪も人間だ。追いつめられたら、何をするか分からない。

「沙羅。私をはやく生き返らせて。静香を助けなきゃ」

「まあ、落ちついて」

沙羅は、まだ寝たりないというように、緊張感のないあくびをした。

「もちろん約束なので生き返らせてあげますが、正確には時間を巻き戻すんです。あまり巻き戻すと、あとで調整が大変なので、あなたを死の直前に戻します」

「死の直前というと？」

「ブレーキが壊れた自転車にまたがったあたりですね。ただし、あなたがここに来た記憶はなくします」

「一度死んだという事実は忘れるってことね。まあ、それはそうか。でも、それじゃあ生き返っても、また死ぬだけじゃ」

「そうならないように、こちらで手配しておきますので、ご心配なく」

「ついでに静香が無事に助かるようにもしてほしいんだけど」

「それはちょっと。私が直接、人間界に影響を及ぼすのはまずいんです。したがって私の手で助けることはできませんが、まあ、そうなるようにうまく配置はしておきます。おまけのサービスで」

「そう。じゃあ、沙羅にまかせる。よろしく」

「では」

沙羅はデスクに向かい、タブレットにキーボードをセットした。高速のブラインドタッチで打ち込みはじめる。

生還できると聞いて、ほっとする一方で、あらためて自分の知らないところで、夏帆を現役復帰させるためにまわりが動いていたことに驚いた。バドミントン界で、自分は嫌われていると思っていたのに。

なにより南緒だ。夏帆が復帰したら、自分がオリンピックに出られなくなるかもしれないのに、なぜ協力する気になったのだろう。

沙羅はキーボード入力を終えて、振り向いた。

「じゃあ、いきますか」

「ちょっと待って。一つ聞きたいことがあるんだけど」

「なんですか?」

「南緒はなぜ、私を現役復帰させることに協力したの? 自分がオリンピックに出られなくなっちゃうかもしれないのに」

「それはあなたというより、父・明嵩さんのためだと思いますよ」

「父?」

「明嵩さんは、人生のすべてをバドミントンに捧げた人でした。そんな彼の姿を見て、みんな尊敬し、かつ感謝しています。そして彼の遺志を引き継ぎたいと思っています。目標は、日本バドミントン界の発展、そして金メダルです。それぞれライバルとして競いあう関係であっても、目標は同じ。日本バドミントン界が一つの家族としてまとまっているのは、明嵩さんのおかげです。

明嵩さんは、あなたのプレーを初めて見たとき、驚愕《きょうがく》しました。初めてラケットを握ったにもかかわらず、完璧に操っていましたから。世界のトップに立てる才能だと思いました。しかし一方で、天才であるがゆえの、あなたのその性格に一抹の不安も覚えていました。本来、心技体は並行して、あるいは相乗して鍛えられていくものです。体を鍛え、技を磨く過程で、心もたくましくなっていく。その強い心が、体と技をさらなる高みへと導いていく。しかしあなたは生まれつきの才能ゆえに、努力しなくても体と技を身につけてしまったため、心を鍛える機会がなかった。

明嵩さんは、あなたに何も教えませんでした。がみがみ言われたら、やる気をなくしますからね。逆にのびのびと本能でプレーさせれば、あなたのセンスなら、ラケットとシャトルから自然に教わることができる。実際、あなたは自由奔放なまま、めきめきと力をつけました。同時に、明嵩さんの不安は的中してしまう。練習を力半分でこなし、パチンコに行ってしまうその性格。大会前なのにお菓子を好きなだけ食べて、準備をおこたっているその姿勢では、どこかで伸び悩んで当然です。しかしだからといって、明嵩さんは説教はしませんでした。それよりライバルを作ろうとしました。あなたを変えるために必要なのは説教ではなく、ライバルの存在だと。

あなたをしのぐかもしれないライバルが現れれば、きっとあなたは変わる。日本バドミントン界の強化は、半分はあなたのためでもありました。実際、明嵩さんや稲葉の尽力もあって、優秀な選手がぞくぞくと出てくるようになりました。あなたからすると、自分の地位を脅かしかねないライバルが、背後から迫ってきたことになります。とりわけ南緒の存在に脅威を感じました。あなたは焦り、リオオリンピック代表選考のまえになって本気で練習に取り組むようになりました。しかしそれが裏目に。前十字靱帯断裂の重傷を負ってしまう。そしてあっさり引退してしまった。

親の心、子知らず、でしょうが、そのときの明嵩さんの胸のうちは、がっかりなんてものではありません。もしケガが治るようなら、ふたたびラケットを握ってほしいと彼は願っていました。ひとまずケガが治るまでは様子を見ておこうと。しかしその直後、彼自身がガンにおかされ、闘病生活に入ってしまう。

稲葉は、明嵩さんの心情は分かっています。彼自身としても、もう一度あなたにコートに戻ってほしいと思っていました。あなたの引退後の様子も、綾乃さんを通じて確認していました。ちなみに、クラブのコーチに誘うように小野寺に頼んだのも、稲葉です。あなたはおこづかい欲しさに引き受けましたが、そのコーチ代五万円は稲葉のポケットマネーから出ています」

「ふえー、そーなんだ」

「そうすることで、あなたをバドミントンにつなぎとめておきたかった。土日だけでもラケットを握っていれば、テクニックはそう落ちるものではない。あなたがサボっていた足のリハビリにもなります。同時にその動きを通して、小野寺にあなたの左足の状態を確認させていました。

稲葉は、明嵩さんの訃報を聞いて、また、あの遺言を見て、これがあなたを現役復帰させるラストチャンスだと思いました。小野寺から、あなたの足の状態がかなりいいことは聞いていました。体力や実戦感覚を取り戻すには時間がかかるかもしれませんが、東京オリンピックまで三年ある。ぎりぎり間に合うだろうと。そこで先ほども言った通り、みなを集めたんです。

志田も、稲葉に協力して、憎まれ役を買って出ました。志田は、明嵩さんに恩義があります。日系アメリカ人の彼女の家は貧しく、本来、バドミントンに打ち込める環境ではありませんでした。明嵩さんが彼女を見つけ、公私にわたって支援しなければ、ここまで来られなかった。その恩返しの意味もあります。また一方で、一人の選手として、あなたと戦ってみたいとも思っていました。志田は、勝ち負けにこだわるタイプじゃないみたいですね。強い選手と戦って、最高のプレーをしたい。その一心です。ある意味で、純粋にバドミントンを楽しんでいます。

南緒も同じです。彼女がバドミントンをやる動機は、父です。自分に才能がないことは彼女が一番分かっています。その自分が努力だけでどこまで行けるのか。父が手に届かなかったオリンピックのメダルを取ること、それが彼女の夢です。でも心のどこかで、日本人の誰が取ってもいいと思っています。あなたでも、志田でも、誰でもいいからメダルを取れば、父の人生が報《むく》われる。

あなたが現役復帰して、実力で負けてオリンピックの出場権を奪われるなら、勝負の世界ですから、仕方のないことです。あなたのことは、妹として憎らしい部分もあるけど、同時に憧《あこが》れてもいます。あなたの美しく、力強いバドミントンに。彼女のバドミントンは泥くさいですからね。とはいえ、あなたが復帰しても、負けるつもりはありません。あなたが復帰したら、自分が出られなくなるなんて、これっぽっちも思っていません。出場権争いが激しくなるなら、むしろ望むところです。

まあ、すべては明嵩さんの人徳ですね。彼があなたの現役復帰を望んでいた。あなたのプレーをもう一度見たいと思っていた。だったら、その願いをかなえてやろうと、みんなで一致団結したんです。案外、そんなものですよ。卑怯《ひきょう》なことをして相手を蹴落《けお》として、自分が出場権をつかもうなんて、そんな姑息《こそく》な考えを持っている人間は、日本バドミントン界にはいません。みんな、すがすがしく、正々堂々としたものです。そういう文化を、明嵩さんや稲葉が作ってきたともいえます」

「ふーん、そうだったんだ、へえー」

あらためて父のことを思い出す。

一度も怒られたことはなかった。バドミントンのことでも、かなりちゃらんぽらんだったのに、説教されたことはない。しかし、そんなにわがまま娘だっただろうか。まわりにこんなに気を使わせていたなんて、思いもしなかった。

「では、納得していただけたところで、さっそく生き返ってもらいましょう。時空の隙間にねじ込むので、めっちゃ痛いですけど、我慢してください」

「なんか、いろいろありがとね。この御恩は一生忘れないって言いたいところだけど、全部忘れちゃうんだよね」

「ええ。今日が私の担当でラッキーでしたね。ここにいたのが父だったら、あなたみたいなひねくれ娘、あっさり地獄行きでしたよ」

「閻魔大王か。会ってみたい気もするな。娘がこんなにかわいいんだから、さぞかしイケメンなんだろうね」

「ぜんぜん。私は母似です」

「あ、そうだ。天国って、テレビは見られるの?」

「通常は見られません。霊界にいる人間が、地上の情報を得るのは好ましくないので。しかしブロンズカード保持者なら、特権で申請すれば見られるはずです」

「そうなんだ。じゃあ、絶対見るよな、東京オリンピック。それじゃあ、ちょっくら本気になって頑張ってみるか」

「そうですね。人生、一度くらい本気になってみるのもいいものです」

「ちなみに、私は東京オリンピックに出られるの?」

「閻魔は過去については分かりますが、未来については知りません」

「なんだ、なにもかも分かるのかと思った。閻魔も分からないんだね。東京オリンピックに誰が出ているのか」

「ええ。では、東京オリンピック、私も楽しみにしています。さようなら。ちちんぷいぷい、澤木夏帆、地上に還《かえ》れ」

沙羅は、エンターキーを押した。

4

――ふと地面を見ると、何かが落ちていた。歩いて近づいて、それを拾った。

バドミントンのシャトルだった。

三つ重ねられて、地面に落ちている。試合用ではなく、練習用の安価なものだ。新品ではなく、かなり使い込まれている。

「なんでこんなところに、シャトルが?」

夏帆が来たときは落ちていなかったはずだが。

「あれ、私が落としたのか。いや……」

分からないが、拾ったシャトルはとりあえずポケットにしまった。

自転車に乗り、ペダルをこぎだそうとしたところで、
横から声をかけられた。

「その自転車、ブレーキが壊れてますよ」

「えっ」

振り向くと、少女がいた。

目を疑うほどの美少女だった。年齢は十代後半くらい。黒髪のショートカット。フリルのついた白のトップスに、チェック柄のミニスカート。ダメージ感のあるスニーカー。電動アシスト自転車にまたがっていた。

夏帆は、自転車のブレーキレバーを握ってみた。反発がない。確かに壊れている。しかも左右とも。

「本当だ。ブレーキが壊れている。なんで?」

よく見ると、ブレーキにつながる管が切断されていた。自然発生的に起きた故障とは思えない。誰かが人為的に壊したのだ。きわめて悪質ないたずらだ。気づかずに走りだしていたら、大事故につながりかねなかった。

でも、誰がこんなことを?

問題は、愉快犯がたまたま目に入った自転車にいたずらをしたのか。それとも夏帆の自転車だと分かったうえで狙ったのか。

ブレーキが壊されたのは、午前六時から七時半のあいだ。こんな早朝に、愉快犯が学校をうろついているとも思えない。夏帆の自転車を狙ってやったのだとしたら、犯人は夏帆が朝練していることを知っていたことになる。

自転車にまたがった少女は、じっと夏帆の顔を見つめている。

「今、あなたの頭の中にある情報だけで、謎《なぞ》は解けます」

少女は言って、ペダルをこぎだした。

「え。ちょ、ちょっと待って」

電動アシスト自転車なので、走りだしが速い。少女は、黒髪をなびかせながら、あっという間に走り去っていった。追いかけようにも、ブレーキが壊れた自転車では無理だ。少女が見えなくなるのを見送るしかなかった。

「なんなの、いったい」

初めて見る少女だ。でも、なぜだろう。デジャヴのように、過去にあったことが再現されている感じがする。あるいは夢で見たものが、現実化されているような。

「頭の中にある情報だけで、謎が解ける？」

朝練に来なかった静香、地面に落ちていた三つのシャトル、壊れた自転車のブレーキ。犯人は夏帆が朝練していることを知っている人物。犯人がブレーキを壊したのは、六時から七時半のあいだ。

夏帆は、さっき拾った三つのシャトルをポケットから取りだした。

誰が落としたのか。三つのシャトル、三つの羽根、三羽……。

脳の中で突然、すべてがつながった。

「じゃあ美輪さんが、私の現役復帰を阻止するために……。でも、なぜ？」

夏帆の現役復帰をよく思わない人間がいることは分かっていた。しかし、なぜそれが美輪なのか。だが、夏帆の推理が正しいなら、静香は誘拐された可能性がある。迷っている猶予はない。間違いなら、それでいい。

携帯で、小野寺に電話をかけた。すぐにつながった。

「あ、もしもし、小野寺さんですか」

「ああ、夏帆か。どうした、こんな朝早くに」

「あの、静香の自宅の電話番号を教えてほしいんです」

「静香の？　でも、なんで？」

「実は静香と朝練をやっていたんですけど、今日、来てないんです。それでどうしたのかなと、確認だけしようと思って。すみません。今、時間がないんです。詳しいことはあとで説明するんで、電話番号だけ教えてください」

「ああ、ちょっと待ってろ。ええと、電話帳は——」

小野寺から聞いた電話番号をメモした。電話を切り、すぐに静香の自宅にかけた。

「はい、もしもし、内山ですが」たぶん静香の母だ。

「あ、もしもし、こんな朝早くにすみません。バドミントンクラブでコーチをしている澤木夏帆といいます」

「あ、どうもお世話になっています。いつも静香から話は聞いています」

「それはどうも。ところで今、静香さんはご在宅でしょうか？」

「いえ、もう学校に行っています。あの子、毎朝、体育館で朝練しているんですよ。朝の七時前には家を出ています」

「そうでしたか。それならいいんです。また電話します。失礼します」

電話を切った。

やはり静香はいつも通り、家を出ている。つまり美輪に誘拐された可能性が高い。あの三つのシャトルは、静香が落としたものだと考えられる。

「やべえな、どうするか」

今は代表合宿中だ。コーチである美輪も、合宿所の宿舎に泊まっているはず。そこには南緒もいる。

南緒の携帯に電話をかけた。しばらくして、つながった。

「あ、もしもし、南緒？」

「ん、なに？」不機嫌そうな南緒の声。寝起きかもしれない。

「あのさ、急で悪いんだけど、美輪さんに電話を代わってほしいんだ」

「は？」

「ちょっと用があってね。美輪さん、宿舎にいるんでしょ。ちょっと美輪さんの部屋に行って、電話を代わってもらって」

「なんで、あんたが洋介と？」

「洋介？」

「あっ」と南緒は声を発した。

コーチを下の名前で呼ぶことは、通常ない。つまり、そういうことだ。べつに恋愛禁止というわけではないが、コーチと選手が交際することは一般的にあまり好ましいことではない。それゆえに隠していたのかもしれない。

「南緒。もしかして美輪さんと付き合ってんの？」

「………」

この沈黙は、イエスだ。南緒が誰と付き合おうと知ったことではないが、二人が付き合っているのだとしたら、動機的にはもっともしっくりくる。美輪は南緒のために、夏帆の現役復帰を阻止しようとしたのだ。

「付き合っているんだね、美輪さんと。まあ、それはどうでもいいけど、とりあえず美輪さんの部屋に行ってみて」

「だから、なんで？」

「説明はあとでする。私の声で、ふざけているわけじゃないことは分かるでしょ。一刻を争うの。はやく行ってよ」

「ったく、なんなのよ」南緒はいらだちを隠さずに言った。

だが、動き出している様子は電話越しに伝わった。部屋を出て、美輪の部屋に向かっている。しばらくして、

「あれ、部屋にいないみたい。ノックしても返事がない」

「美輪さんって、車持ってた?」

「うん、持ってるけど」

「じゃあ、駐車場に行ってみて。美輪さんの車があるか、確認してみて」

南緒も何かを察したようだ。走る様子が伝わってくる。

南緒は言った。「車がない。どこかに出かけたのかな」

もう確信は揺るがない。

「ねえ、夏帆。なんなの、いったい。洋介になにかあったの?　ふざけているわけじゃないのは分かるけど、ちゃんと説明してよ」

「分かった。冷静に聞いてよ。美輪さん、静香を誘拐したかもしれない」

「は?　なにそれ?　なんの冗談?」

「冗談じゃないんだ。静香って、ほら、お別れ会のとき、私のそばにいたでしょ。小学生で、ジュニアチャンピオンの」

「小野寺さんのところの子でしょ」

「そう」

「なんで洋介が、そんな子を誘拐するのよ」

「説明すると長くなるけど、とにかくそうなの」

「じゃあ今、洋介に電話してみる」

「ちょっと待って。刺激するのはよくない。パニックになっている可能性もあるから。ねえ、美輪さんが行きそうな場所、分かる？　女の子を一人、誰にも知られずに閉じ込めておけそうな場所」

「洋介は自分の部屋を借りてない。今は宿舎にいるし、それ以外のときは実家に帰っているから。だけど実家には両親がいるし。あ、別荘がある。おじいさんが所有している別荘で、鍵を持っているから自由に使えるけど」

「場所は分かる？」

「葉山。私も行ったことあるから」

第六感が働いた。美輪はその別荘に向かっている。

「そこだ。今から行こう。私、ダッシュで家に帰って、車でそっちに向かう。南緒も電車で葉山に向かって。どこかで合流しよう。くれぐれも美輪さんに電話しないでよ。詳しい話はそのときに」

　その後の展開はあっけないものだった。

逗子《ずし》駅で南緒と合流し、車で別荘に向かった。別荘の前に、美輪の車が停まっていた。美輪は、エンジンを切った車の運転席に座っていた。そこに夏帆と南緒が現れ、二人の顔を見て、観念したようにうなだれた。

静香は、別荘の一室に閉じ込められていた。部屋のドアは家具でふさがれ、窓は雨戸で閉じられていたが、水と食料は与えられていた。この状況でも冷静に脱出方法を探っていたところを、夏帆に救出された。

南緒と美輪は、一時間ほど話しあっていた。結局、美輪が自分で一一〇番通報し、駆けつけた警官にすべてを自供した。事件は幕を下ろした。

葉山警察署の一室。夏帆と南緒は、並んで座っていた。

美輪はパトカーで連行された。夏帆、南緒、静香の三人も警察署に来た。小野寺に連絡を取り、静香の母と一緒に来てもらった。

静香は今、母と小野寺に付き添われて、事情聴取を受けている。

姉妹二人、することもなく、ずっと待機していた。

「ねえ、南緒」と夏帆は言った。「美輪さんとはどうすんの?」

「どうするって言われても……」

「美輪さんと付き合ってんでしょ。美輪さんは、たぶん南緒のために――」

「よけいなこと」南緒は感情を荒らげて言った。「べつにあんたが復帰したって、私は負けないのに」

悔《くや》しげな表情をした。裏切られたような気持ちなのかもしれない。

「夏帆こそ、どうなの？　あんた、またバドミントン、やるの？」

「ん……、まあ、なんというか」

そのときドアが開いた。稲葉が顔を出した。

稲葉には南緒が連絡した。まずは南緒、それから夏帆に目を向ける。二人を見て安心したように、息をついた。

「いろいろ大変だったようだな。まずは礼を言わないと。夏帆、ありがとう。美輪の犯行を止めてくれて」

「いえ」

「ひとまず誰もケガがなかったのが幸いだ。すぐに犯行が発覚してよかった。時間が経《た》っていたら、何が起きてもおかしくなかった」

稲葉はスツールに腰を下ろし、力なく肩を落とした。

「しかし美輪の奴、なんだってこんなことを……」

稲葉は、南緒の顔をちらりと見た。南緒と美輪が交際していることを稲葉は知っていたのかもしれないと、その表情を見て思った。

「美輪さんは？」と夏帆は聞いた。

「警察の話では、すべて自供しているようだ。動機に関しては何も語っていないが。とはいえ、ただではすまないだろう。取調室で号泣しているって聞いたよ。自分でもなぜこんなことをしたのか、分からないみたいに」

「そうですか」

「コーチも解任だ。美輪はバドミントン界から永久追放になる」

稲葉は眉間《みけん》に皺をよせて、険しい表情をした。

「それで、夏帆」と稲葉は言った。

「はい？」

「おまえ、現役に復帰するつもりなのか？」

夏帆は、ちらりと南緒を見た。南緒も、夏帆の顔を見ていたので、目が合った。あらためて稲葉に顔を向けた。

「はい。またバドミントン、やります。いまさら見苦しいんですけど」

「足はいいのか？」

「完璧に治ったみたいっす。とりあえず来年四月まで、しっかり体を作って、来シーズンからエントリー可能な大会に出ていくつもりです」

「復帰するのは自由だが、バドミントン協会として、わざわざおまえのために椅子を用意してやるつもりはない。これだけは言っておく」

「いいっすよ。そんなこと、はなから思ってません。自力で這《は》いあがります」

稲葉は苦笑した。「あいかわらずバドミントンをなめているようだな。だが、おまえがオリンピックに出た五年前とは状況がちがうぞ。志田に南緒、その下にも若い選手が続々と出てきている。内山静香も三年後は十五歳だ。彼女も、おまえ以上の才能を持った十年に一人の逸材だと俺は思っている」

「そうっすね」

「今に世界ランク十位以内に、日本人がわんさか入るようになる。それだけ層が厚くなったんだ。明嵩が耕した土から、これだけの芽が出てきた。その中から三年後、必ず金メダルを取る者が現れる。俺はそう信じている」

「…………」

「バドミントンは甘くないぞ、夏帆。かつて、おまえがいい気になれたのは、他にライバルがいなかったからだ。今はおまえくらいの才能なら、ごろごろいる。もうおまえなんかが威張っていられるような世界じゃなくなったんだ。そのライバルたちを制して、てっぺんに立つことができるのか。なまけもので、根性なしで、へらへらしているだけのおまえが」

「できますよ」と夏帆は言った。「今度という今度は、本気でやります。稲葉さんこそ、私をなめないでください。私を誰だと思っているんですか。私は、あの澤木明嵩の血を引く娘ですよ」


「うらあ」

夏帆がスマッシュを打つ。鋭く放たれたシャトルが、相手コートに落ちた。

「はい、私の勝ち」

静香は悔しそうな顔をしている。相手が夏帆でも、公式戦でなくても、負けるのは許せない。いつだってそんな顔をしている。

「夏帆コーチ、もう一セット、お願いします」

「出たな。勝つまでやめない病。まあ、いいけど。でも、少し休憩ね。暑いから、ちゃんと水分とっときな」

夏帆は、体育館の床にあぐらをかいて座り、スポーツドリンクを飲んだ。二リットルのボトルを二本持ってきたが、一本はもう飲みほしてしまった。

「それから静香、もうコーチはやめて。おたがいコーチでも教え子でもない。いずれ倒さなきゃならないライバルなんだから」

「じゃあ、なんて呼んだらいいんですか?」

「うーん、夏帆先輩かな。夏帆ちゃんでもいいけど」

土曜日のバドミントンクラブ。

監督の小野寺は、腕組みして練習を見つめている。

静香は事件のショックもなく、翌日には普通に学校に行き、練習を再開した。やはり並の子供ではない。

静香はドリンクを飲んで休憩している。しかし、今すぐにでも練習に戻りたそうな顔つきだ。表情から緊張感が消えない。静香の武器は、この集中力だ。試合中も練習中もずっとオンのまま。夏帆は試合中でもオンになったりオフになったりで、集中が定まらない。そのせいでプレーにムラができる。

「あー、暑い暑い」

夏帆は扇子であおぎながら、二本目のボトルを飲んでいた。

静香が話しかけてきた。「夏帆先輩。質問があるんですけど」

「なに？」

「試合中に気づいたんですけど、夏帆先輩は私の次のプレーを読んでいますよね。次に私が何をするか分かったうえで、待ちかまえているように見えるんですけど」

「ああ、そうね。いいところに気がついた」

「なぜ、私の次のプレーが読めるんですか？」

「教えない。自分で考えな」

ふと、敵に塩を送っている場合じゃない気がしてきた。静香の成長は、ゆくゆく自分の首を絞めることになりかねない。

冷たくあしらわれた静香は、不満げな表情を浮かべている。

「ふふっ」夏帆は苦笑いした。「仕方ない。一つだけヒントをやろう。読んでいるというよりは、操作してるんだよ。たとえばジャンケンで、パーで勝ちたいと思ったら、相手にグーを出させればいい。では、どうやって相手にグーを出させるか。そう、こっちがチョキを出すと相手に思わせればいいわけだ」

「はあ」

「つまり、静香が次にグーを出してくると読んでいるのではなく、私がチョキを出すと静香に思わせることで、グーを出させているわけ。そのうえで、パーで待ちかまえているんだ。では、どうやって私がチョキを出すと、静香に思わせているか。そこのところの工夫は……、はい、ヒントはここまで」

「…………」

「あとは自分で考えなさい」

静香は、よく分からないといった顔をしていた。

静香の弱点を一つ見つけた。基本的に物事にまっすぐ向かいすぎる。したがって静香の心理を読み、思考を操作するのは簡単だ。いわば、おちょくりやすい優等生。ひねくれ者の夏帆からすると、カモにしやすい。

逆に言うと、夏帆の長所は、技術以上にその戦略性にある。パーで勝ちたかったら、相手にグーを出させればいい。相手にグーを出させるためには、こっちがチョキを出すと相手に思わせればいい。相手は自分の意志でグーを出しているつもりでも、実はこっちの思惑に乗せられているだけ。そういう駆け引き合戦になれば、夏帆は静香にも、あるいは志田や南緒にも負けない自信がある。

性格がひねくれているので、物事を逆から考えるのは得意なのだ。

「実は私って、意外と頭がよかったりするんだよね。推理小説とか読んでても、犯人が分かっちゃったりするし。だから、静香も推理小説を読んでおくといいよ。犯人はA、と見せかけてB、と見せかけてC、と見せかけてやっぱりA、みたいな発想は、バドミントンにも応用できるから」

「はあ」

静香は首をかしげたまま、先にコートに戻っていった。

「じゃあ、夏帆先輩。やりましょう」

「ちょっと待ってよ。もう少し休憩。あと五分だけ休ませて」

静香は仕方なく、一人でフットワークの練習をはじめた。すさまじくタフで、あきれるくらい練習熱心である。

「あーあ。私もこれくらいの年齢から、まじめに練習してたらなあ」

「ん、なんか言ったか？」近くにいた小野寺が顔を向けた。

「いえ、こっちの話っす」

過去を後悔しても仕方ない。今は前だけを見て、焦らずに進んでいこう。

「夏帆先輩、五分経ちました」と静香。

「時間、計ってたのか。ったく、分かったよ。うっせえな、このガキンチョめ」

ラケットを握った。静香と追加の一セットマッチ。

「見てろよ、静香。次はこてんぱんにやっつけてやる」

「来い！」

サーブを打つ。ラリーになる。

打ちあいながら、ふと考える。残った唯一の謎。

自転車にまたがっていた、あの美少女。

初対面なのに、なぜかなつかしい。特に黒髪のショートカットと、「今、あなたの頭の中にある情報だけで、謎は解けます」と言ったあのセリフに、デジャヴのような感覚が残り続けている。目を閉じると、彼女の姿が鮮明に思い出せる。そしてその存在の前にいる自分は、何かを試されているような気分になる。

まったく分からない。だから、幻のように感じた。

結果的にだが、あの少女がいたから、夏帆も静香も助かった。ブレーキが壊れていることに気づかずに走りだしていたら、大事故につながっていた可能性もある。三つのシャトルの意味について考えることもなかった。

結局、彼女のことは誰にも話していない。

そもそも話してはいけない存在のように思えたのだ。永遠に封印しておくべきパンドラの箱のような存在に。

彼女の存在は、つまるところ奇跡だ。そうとしか言いようがない。

ラリー中、ふいのドロップを静香の前に落とした。静香はかろうじてシャトルを拾うだけの体勢になった。夏帆は前に出て、プッシュで決めた。

「よっしゃ!」夏帆は叫んだ。

二十一対十一の圧勝。

「もう一セット、お願いします」静香はさっそく言ってくる。

「いつまでやんの? 一生終わんないよ。今日はこれでおしまい」

夏帆がコートを離れると、静香はおもちゃを取りあげられた子供みたいに、ふてくされた顔をした。

「ちーす」

体育館の入り口から声がした。見ると、南緒がいる。日本代表のジャージを着て、ラケットバッグを持っていた。

小野寺が言った。「おお、南緒。どうした？」

「代表合宿が終わって、実家に帰っていたんです。今日はオフなんですけど、少し体を動かしたくなって。私も練習に参加していいですか？」

「ああ、もちろん」

クラブの子供たちがざわついていた。南緒はリオオリンピックの選手である。子供たちにとっては憧れの存在なのだろう。

美輪とは別れたと、母から聞いた。それ以上のことは知らない。

南緒はコートのまわりをランニングして、ストレッチをした。それからしばらくのあいだ、クラブの子供たちと打ちあっていた。

夏帆は休憩しながら、南緒の動きを見ていた。

強くなったな、とあらためて思う。基本に忠実な動きは、反復練習のたまものだ。背の低さをおぎなうために、相手より多く、速く動かなければならない。その耐久型のバドミントンを支えるために、足腰を徹底的に鍛えあげている。あのどんくさかった南緒が、ここまでの選手になるとは思わなかった。

南緒は言った。「おい、そこのひねくれ娘」

「ん？」

「暇なら、試合でもしない？」

南緒はあごをしゃくって、挑発的な顔をしている。今の私に勝てる？　と言わんばかりに、上から見下ろしてくる。

「いいよ」と夏帆は言った。

売られた喧嘩は買う。なめられたら負けの世界だ。

ラケットを握った。「静香、審判やって」

「はい」

ネットをはさんで、南緒と対峙した。向きあった。

南緒は言った。「言っておくけど、あんたにだけは負けないから」

「あっそ」

「過ぎた日々は取り戻せない。中途半端《ちゅうとはんぱ》にバドミントンをやめて、いまさら心を入れかえて復帰したって、それで通用するほど甘い世界じゃないってことを思い知らせてやる。あんたみたいなのが勝ったら、世も末だ」

「言ってろ」

「あんたがウサギなら、私はカメ。でも、最後に勝つのはカメだ」

「私は私で、南緒にだけは負ける気がしないけどね。のろまなカメが勝てるのは、ウサギがサボっているときだけだ」

「負けない。あんたにも、志田にも、他の誰にも。東京オリンピックの舞台に立っているのは私だ」

今、初めて南緒に脅威を感じた。

はたして私は東京オリンピックの舞台に立っているのだろうか。

急に怖くなってくる。南緒以外にもライバルはいる。これほど多くの時間を無駄にしてきた私に、勝利の女神は微笑《ほほえ》んでくれるだろうか。

夏帆は、首を横に振った。いや、もう勝ち負けじゃない。ぶざまでもいい。たとえ負けても、最後のワンプレーまで全力で戦い抜く。全力を尽くして負けたのなら、そのときは負けを認めよう。そして私のしかばねを踏み越えて東京オリンピックの切符を手にした選手を、心から祝福し、応援しよう。

怖いと同時に、楽しくもなってきた。まさに群雄割拠。誰が勝ってもおかしくない。日本バドミントン界がこんなにおもしろくなっているのに、それを見ることなく死んでしまった父は、なんてかわいそう。

いや、見てるか。天国から、夏帆を、南緒を。そして自分が育ててきた日本の選手たちの戦いぶりを。東京オリンピックもきっと見るにちがいない。天国にもテレビはあるらしいから。

ん、天国にもテレビはある?

ふと思いついたフレーズだが、どこかで聞いたような……。

父の遺言は、お守りに入れて、ズボンのポケットに入れてある。「つづけろ」と父がずっと天国から呼びかけている。

私がバドミントンをやる動機は、もしかしたら父だったのかもしれない。私の中に流れている父の血が、バドミントンをやりたがっている。血が、私をバドミントンへと突き動かしている。意外とファザコンだったのかもしれない。

血が騒ぐ。血が騒いでいるのだから、もう誰も止められない。

南緒がシャトルをはたき、サーブする。シャトルが来る。

迷いはない。東京オリンピックまで三年、一気に駆け抜ける。

【第2話】

相楽大地　17歳
高校生

死因　圧死

To a man who says"Who killed me",
she plays a game betting on life and death.

1

昼休み。相楽大地《さがらだいち》は教室の窓際の席に座り、母が作った弁当を食べながら、ぼんやりと校庭を見ていた。

もう十月。木々は紅葉に染まっている。東京は残暑が続いているそうだが、ここ富山はもう肌寒い。今年は冬の到来がいつもより早そうだ。

前の席に座って菓子パンを食べている井筒敦史《いづつあつし》が、ふいに言った。

「大地、そういえば野沢《のざわ》に告白されたんだって？」

「なんで知ってるの？」

「みんな知ってるよ。野沢が告白しているところを見ていたやつがいるんだよ」

「そうなんだ」

「でも断ったんだって？」

「うん」

「なんで断るんだよ。ミス文高《ぶんこう》だぞ。向こうから付き合ってって言ってきたのに」

「こんな田舎《いなか》の学校で一番ってだけだろ。俺の野望はもっとでかいの」

野沢富美加《ふみか》は、先の文化祭で行われた富山文化高校（通称・文高）のミスコンで一位を取った。野沢の友だち経由で呼びだされて、校舎の裏で告白されたが、「あー、俺、今は誰かと付き合う気ないんだ」と断った。

大地は言った。

「しょせん高校生の恋愛なんて、おままごとだ。こんな田舎の公立高校の、狭いエリアのなかで選びあっているだけだからな。学校一の美女なんて、全国でみれば何千人もいる。もったいないってほどじゃない」

「さすが、イケメンは言うことがちがうわ」敦史はパンをかじった。

大地は、窓ガラスに映る自分の顔を見た。ニキビ一つない、きれいな顔。ストレートのさらさらヘア。

女子の視線をいつも感じている。大地の写真が勝手にSNSに載って、奇跡の美少年として拡散したこともあった。通学途中、通りがかりの女子中学生の一団から黄色い歓声があがることもある。生まれたときからずっとそう。それを苦痛に感じることもあるが、今は自分の宿命として受け入れている。

大地の夢は、役者になることだ。ひとまず大学の演劇科に入る。ゆくゆくは芸能事務所に入って成功する。恋愛はそのあとでいい。結婚願望はあるけど、こんな田舎で嫁さがしをする必要はない。というか、彼女がいると、芸能界でやっていくうえで足かせになる。役者として売れたあと、高校時代の彼女とのツーショット写真がネットに出回って炎上したりするのは最悪だ。

もう高二、あと一年半で卒業となる。いきなり芸能事務所に入るのではなく、大学の演劇科を経由するのは、実力派の役者になるため。ルックスに頼った演技ではなく、本物の演技力を身につけるためだ。

大地は手鏡を取りだし、ブラシで髪をととのえた。前髪がナナメ六十度になびいていないと嫌なのだ。

せっかくととのえた髪を、敦史が手でぐちゃぐちゃにしてくる。

「やめろ。俺の髪にさわるな、バカモノ」

そんなことをやっていると、
ふいに目に入る。クラスの一番前の席。ちょうど教壇の前。

神里亜弥《かみざとあや》。ぽつんと一人、自分の席に座って弁当を食べている。

前髪が長く、眉にかぶさっているので、それだけでも暗い印象に見える。目が悪いようで、厚めの額縁メガネをかけている。それが顔のサイズに合っておらず、ちぐはぐで不自然に見える。たぶんメガネが大きいのではなく、顔が小さすぎるのだ。いつも目を伏せていて、うつむいている地味な女の子。

声すらほとんど聞いたことがない。人見知りで、緊張しい。

部活は図書部。といっても数人しかいない。活動は、新聞社が主催する読書感想文コンクールに応募すること、図書室の運営など。

神里のまわりには誰もいなかった。

昼休みは、なかよしグループに分かれてお昼ごはんを食べるが、神里の周辺だけ、バリアが張られているみたいに誰も近づかない。

最初からそうだったわけではない。一人ぼっちになったのは、ここ一ヵ月。要するに、いじめだ。女子から無視されている。

「なあ敦史。なんで神里って無視されてるの？」

「さあ」敦史は首をひねる。

「神里って、鳴海《なるみ》と仲よかったよな。その鳴海からも無視されてるよな」

「そうみたいだな」

「神里と鳴海のあいだに、なにかあったの？」

「知らねえよ。俺に聞くなよ」

佐々岡《さ さ おか》鳴海の名前が出て、敦史は嫌そうな顔をした。

鳴海は、クラスの女子の中心だ。スクールカーストでいえば、ヒエラルキーの最上位。運動神経がよく、バレー部では一年のときからレギュラーだった。発言力があり、明るく活発で、自然とリーダーになる。

神里とは対照的なのに、二人は友だちだった。というのも鳴海は本が好きで、図書部も兼部していた。そのため人見知りの神里も、鳴海のグループに入ることでクラスの輪に加わることができたのだ。

だが一ヵ月ほどまえから、二人は口をきかなくなった。クラスの中心である鳴海が神里を無視するようになったことで、クラス全体もそうなった。二人に何があったのかは、女子の世界のことなので大地は知らない。

大地は言った。「鳴海って、図書部をやめたって聞いたけど、本当？」

「だから俺に聞くなって」

敦史の声がきつくなる。鳴海の話を俺の前でするなよ、という顔だ。

無理もない。

敦史と鳴海は付き合っていた。一年生の秋、敦史から告白した。しかし二年生になり、鳴海のほうから別れ話があり、七月に別れた。

別れた理由までは聞いていない。なにか不愉快なことがあった気配はある。同時に、敦史にはまだ未練が残っているような雰囲気もある。以来、敦史と鳴海が口をきいているところは見ていない。

鳴海の話題が出て、敦史の顔が暗くなった。それで会話はとぎれた。

「――そのプリントは保護者のサインをもらって、来週末までに提出してください。それではホームルームを終わります。さようなら」

担任の細井《ほそい》は、疲れきった顔で教室を出ていった。まだ六十歳前なのに、見た目はよぼよぼの老人だ。筋肉がなく、狭い歩幅でとぼとぼ歩いていく。

大地は部活に入っていない。いつものように自転車に乗って帰る。だが、走りだしてすぐ、体操着をロッカーに忘れたのを思い出した。今日の体育ではかなり汗をかいた。自転車で引き返して、取りに戻った。

教室に入ると、
すぐに異変に気づいた。教室の後ろ、大地の席のすぐ近くで、女が三人、きゃっきゃっと騒いでいる。

遊んでいるのかと思ったが、少し様子がちがう。

見ると、四人いる。女三人に囲まれていたので見えなかったが、その中心にいたのは神里亜弥だった。

「神里さん、顔が暗いから、前髪を切ったほうがいいよ」

女の一人はハサミを持っていた。にやにや笑いながら、神里の前髪を雑に切った。神里の髪はぬれていた。霧吹きで水をかけられたようだ。そして顔には落書き。口裂け女ふうに、口紅をぬられている。メガネにも落書きされている。

教室には他にも生徒がいるが、見て見ぬふりというより、そもそも神里に関心がないという感じで、知らんぷりだ。

女三人よれば姦《かしま》しい。大地は女三人の背後から声をかけた。

「ねえ、なにしてんの？」

女三人が同時に振り向いた。「あ、大地くん」

「なにしてんの？」

「あ、いや」女の一人が言った。「神里さん、暗いからイメチェンしてあげようと思って」

「神里が頼んだわけじゃないでしょ。それをいじめって言うんだよ。やめなよ」

「あ……、うん」

クラスのイケメンに注意されて、三人はしらけた顔になった。神里に謝りもせず、目を見合わせて立ち去っていった。

神里はぽつんと立っていた。霧吹きで水をかけられ、前髪を不統一に切られ、顔やメガネに落書きされても、泣くでも怒るでもなく、無表情にたたずんでいる。まるで修行僧みたいに、苦を受け流している。

「あーあ、もう、顔を洗ったほうがいいな。そんなんじゃ帰れないだろ」

神里を連れて、水飲み場まで行った。

「ほら、メガネ取って」

神里のメガネを受けとり、顔を洗わせた。隣の蛇口で、大地はメガネのレンズに落書きされた口紅を落とした。メガネの水滴を自分の服でふきとり、レンズをみがいた。それから顔を洗い終えた神里にハンカチを渡した。

「はい、ハンカチ。大丈夫、まだ使ってないし、ちゃんと洗ってあるから」

「う、うん……、ありがとう」

神里はハンカチを広げて、顔をふいた。

幼稚園児を世話しているような気持ちになる。授業中、先生に指されても、蚊《か》の鳴くような声でしか発言できない。ただ成績はかなりいいらしい。

「神里、おまえにも原因があるぞ。イエス・ノーをはっきり言わないから、やられるんだよ。やめろって言わないと、どんどんエスカレートするぞ」

そう、最近、いじめが目にあまるようになってきた。

はじめは鳴海が神里と口をきかなくなり、クラスで孤立するようになった。鳴海は影響力があるだけに、やがてクラス全体に無視が広がった。しかし今はこうやって、暴力といっていい実害を受けるようになった。

原因は一つある。一ヵ月前、担任が変わったのだ。

前任の津村耕太《つむらこうた》なら、まだ二十代と若く、目の届く先生だったので、こうしたいじめを放っておかなかっただろう。

しかし津村が急にやめて、細井が担任になった。だが、もう老人の域に入っているガリガリの無気力教師。年齢も年齢だけに、今どきの生徒の感覚が分からない。いじめを抑止できないどころか、本当に気づいていない可能性もある。

神里はハンカチでふき終えて、顔をあげた。

「あ、ありがとう……。ハンカチ、洗って返すから」

「いいよ、ほら」

大地はハンカチを受けとり、メガネを返そうとした。

そのとき、ハッと気づいた。電撃が走った。

長すぎる前髪と、大きすぎるメガネ。そして顔を下に向ける姿勢のため、今までちゃんと神里の顔を見たことがなかった。

だが、前髪を切られて、メガネも外して、顔がよく見えた。

その顔。

「か、かわいい！」

「えっ」神里は驚いて、大地の顔を見た。目が合った。

奈落《ならく》に落ちていく感覚に襲われた。大地は恋に落ちていた。

「神里！」衝動的に叫んだ。

「は、はい！」神里はびっくりして、姿勢をただした。

「お、俺と付き合って」

「は？」

「俺と付き合ってくれませんか？」もう一度言った。

「え、いや、でも、えっと……、ごめんなさい」

「えーっ！　なんで？　俺だよ。あのイケメンで有名な、モテモテの相楽大地だよ」

「ごめんなさい」

「嘘っ！　なんで？　そんな」


「あれ、もっと落ち込んでいるかと思ったのに」

敦史は学校に来るなり、大地の顔を見て言った。

「うるさい。いつまでも落ち込んでられるか」

「なんだ、つまらねえ。朝もめそめそ泣いてたら、どんな言葉でなぐさめてやろうか、考えてきたのに」

人生で初めての失恋だった。恋に落ちたのも、告白したのも初めて。初恋である。恋というものは本当に落ちるものなのだと分かった。ストンと、不可抗力的に。計算できないし、コントロールできない。

その結果が、ごめんなさい。

女をふったことは何度もあるが、ふられたのは初めてだった。

「しかし、昨日の電話には驚いたな。大地が告白したことも、その女にふられたのもそうだけど、その相手がまさか神里とはな」

昨夜、ショックすぎて、敦史に電話をかけていた。いま思うと、恥ずかしい。自分でもどうしちゃったのか分からない。悔しいのか、もどかしいのか、よく分からず、ただ涙があふれてくる。自分がふられるなんて、想像もしていなかった。しかし事の一部始終を敦史に話して、泣いて、気持ちがすっきりした。そして考えた。深夜の二時くらいまで。やがて結論に達した。

そう、これは何かの間違いなのだ。

この自分がふられるなんて、ありえない。もしかしたらイケメンすぎて、頼りないと思われているのかもしれない。おそらく誤解があるのだ。そこで作戦を立てなおした。神里の前でいいところを見せる。意外とたくましいところを見せて、振り向かせる作戦。名づけて、ボディーガード大作戦。

とりあえず、あきらめないことは決めた。そこが決まったら、あとはぐっすり眠れた。

午前の授業を終えた、昼休み。

神里はいつものように、一人ぼっちで自分の席に座り、弁当を食べていた。

大地は敦史を連れて、神里のところに行った。

「なあ神里。一緒にごはん食べようよ」

「えっ……。でも」

「まあ、いいから。昨日は変なこと言っちゃってごめんな。でもまあ、それは気にしないで、ごはんを一緒に食べよう」

大地が神里の横に座り、敦史は後ろの席に座った。

切られた前髪は、家に帰ったあと自分で切りそろえたのか、結果的に以前よりすっきりしている。あらためて、神里の顔をのぞきこむ。たぶんノーメイク。白い肌に、ふっくらした頬《ほお》。純度の高い瞳。

先入観なく見ると、やっぱりかわいい。

神里の弁当をのぞく。ちゃんとしたお母さん弁当だった。大地の弁当は、主に冷凍食品と昨日の夕飯の残りをつめこんだものだが、神里のはお母さんが早起きして手作りした特製愛情弁当だ。

「神里のお弁当はすごいな。見てよ、俺のお弁当。ほとんど冷凍ものだぞ。でも、うちのお母さんは料理が下手だから、こっちのほうがうまいんだ」

「………」

「そのたまご焼きと、俺のからあげ、交換しようぜ」

「………」

「敦史は、お昼はいつもパンなんだ。駅前のパン屋で買ってるんだって。ほら、駅を出て、すぐ右側にあるだろ」

人見知りの神里からは、ほとんど返事がないので、こっちがしゃべるしかない。沈黙にならないように、とにかく言葉を発した。

「神里、これからは俺たちとお昼ごはん食べようぜ。一人で食べてても寂《さび》しいし、それに昨日みたいにいじめられるかもしれないから、俺たちと一緒にいれば安心だろ。俺たちがボディーガードになってやるから」

「……う、うん」神里はとまどいながら、うなずいた。

敦史が言う。「でも、大丈夫か。俺たちとメシ食ってたら、かえって他の女たちに目をつけられないか？」

「なんで？」

「だって、大地と一緒にいるだけで、まわりの女からの嫉妬が……」

言われて気づく。周囲の女子たちのこっちを見る目が冷たい。

大地はいつも女子の視線を感じているが、いつもとは温度の異なる視線だ。それが大地というより、神里に向かっている。

クラスの嫌われ女子が、クラスのイケメン男子となかよくしているのを見て、いらついている空気は確かにあった。大地は気にしないが、神里がこれ以上いじめられたり、敵視されたりするのは困る。

「そっか。じゃあ、場所を変えるか」

食べかけの弁当を持って、三人で教室を出た。いったん外に出て、非常階段で最上階までのぼる。そこから校舎の屋上に出た。

通常、生徒は屋上へは出られない。というのも、この屋上には転落防止用のフェンスがなく、腰の高さくらいの塀しかないのだ。しかしフェンスを設置するには高額の費用がかかる。そのため生徒が屋上に出られないように、屋上に出るドアには堅固な鍵がかけられている。

ところが、屋上に出るには、もう一つルートがあるのだ。いったん外に出て、非常階段をのぼって最上階まで上がると、備えつけの鉄製のハシゴがあって、そこをのぼっていくと屋上に出られるのである。

この非常階段ルートは、敦史が偶然見つけた。敦史と大地はたまにここに来て、時間をつぶしている。

まずは敦史がのぼり、次に大地、神里の順で屋上に出た。本来は立ち入り禁止エリアなので、神里は少しおどおどしている。

誰もいない屋上の広いスペースを、三人で独占した。見晴らしは最高だ。このあたりに高い建物はない。いわば富山のスカイツリー。天気のいい日には、北に日本海や能登半島《のとはんとう》、東に飛騨山脈《ひださんみゃく》まで見渡せる。

三人で輪になって座り、お昼ごはんを食べた。

大地は言った。「でもさ、神里。なんで鳴海と喧嘩したんだ？　同じ図書部で、仲よかったのに。鳴海はその図書部もやめたっていうし。なにかあったの？」

「………」

「敦史、なんか知らない？」

「だから俺に聞くなって」と敦史は言った。

「神里、心当たりはないのか？」

神里は小声で言った。「分からない。話しかけても、急に返事してくれなくなって」

「でも、なにかあったんだろ。よく思い出してみろよ。よけいなこと言って、鳴海の地雷を踏んじゃったとか」

鳴海の元親友も、鳴海の元彼氏も、首をひねるばかり。

大地も、鳴海のことはよく知らない。敦史と付き合っていたときに、一緒に遊んだことはある。しかし敦史と別れてからは、なんとなく気まずくなって、二学期に入ってからはほとんど話していない。

鳴海は、基本的に気が強い女だ。イエス・ノーをはっきり分ける基準を持っているという印象を抱いていた。大地のイケメンパワーは通じない。イケメンに興味がないという女子も一割くらいはいる。大地の顔を見ても、きゃあきゃあ言わない。個性的な顔の、売れてない芸人を好きになるタイプかもしれない。

「よし。じゃあ、俺が直接、鳴海に聞いてみるか」

ホームルームが終わった。

放課後、担任の細井が去ったあとも、大地はしばらく椅子に座っていた。鳴海がなぜかそうしていたからだ。

鳴海の様子を、ずっと横目でうかがっていた。敦史と神里には教室から出てもらっていた。大地が鳴海に話しかけるとき、近くに神里がいたら、本音を話しづらいだろうからだ。

神里はなぜ鳴海に無視されるのか、本当に分からない様子だった。大地が聞いてみると言うと、少し困った顔をしたが、やはり理由は知りたいというのが本音なのだろう。大地がうまく聞くからと言うと、それで納得した。

やっと鳴海が席を立った。机の中の教科書をバッグに入れて立ちあがった。それから教室の後ろに向かい、自分のロッカーを開けた。荷物を別のバッグにつめている。今日は部活を休むつもりかもしれない。

大地は立ちあがり、声をかけた。「なあ、鳴海」

鳴海は返事をせず、顔だけ向けた。

「ちょっと聞きたいことがあるんだけど、いい?」

「なに?」冷たい声。

気の強さが前面に出た顔である。吊《つ》り目ぎみだが、基本的には美形だ。白黒はっきりつけたがる性格で、戦いから逃げない気性の荒さがある。

大地は言った。「なんで神里と喧嘩したの? 一学期のときは普通だったのに、二学期になって口をきかなくなったのはなぜ?」

「大地には関係ないでしょ」

「関係あるの。俺、神里と付き合うことになったから。あ、いや、それは断られたのか。まあ、そんなことはどうでもいいんだ」

「そういえば、お昼に一緒にいたから変だなと思っていたけど。なんであの子と?」

「いや、だって、かわいいから」

「大地ってああいう子が好きなんだ。ロリコン」吐《は》き捨《す》てるように言う。

「俺のことはなんて言ってくれてもかまわないけど。それはともかく、なんで神里と喧嘩したの? 理由だけ教えてよ」

「あの子に直接聞いたら?」

「聞いたけど、分からないって」

鳴海は鼻で笑った。「あの子はいつもそう。嘘つきで、猫かぶってんの。いつもおどおどして、都合が悪くなると下を向いて、弱い者ぶってるだけ。でも、それは見せかけで、中身は……。まあ、もうどうでもいいけど」

鳴海は大地には目も向けず、ロッカーの荷物を次々とバッグにつめていた。それがすごく気になった。

「なんで荷物つめてんの？　それ、明日も使うやつだぞ」

「誰にも言うつもりはなかったけど、私、今日で学校をやめるの」

「は？　やめるって、転校ってこと？」

「………」

「でもなんで？　細井先生も何も言ってなかったけど」

「お別れのあいさつとか、面倒くさいから。細井先生もまだ知らない。でも明日から学校には来ない」

荷物をすべてバッグにつめて、ファスナーを閉じた。鳴海はそれを肩にかけた。

「じゃあね」

「おい、ちょっと待てよ」

鳴海は大地を無視して、教室を出ていった。

「なんか鳴海のやつ、学校やめるってさ」

「えっ、なんで？」敦史が驚いて言った。

「さあ。聞いたけど、答えてくれなかった。でも机もロッカーもすべて空にして、帰っていった」

「細井は何も言ってなかったぞ」

「誰にもまだ言ってないんだって。でも明日から来ないって言ってた」

敦史と神里は、ぽかんと口を開けていた。最近、国語の授業で習った「青天の霹靂《へきれき》」という表情をしていた。

あらためて退学の理由を考えてみる。親が破産して、学費を払えなくなった。親の引っ越しで転校する。病気で学校に通えなくなった、など。煙草や暴力事件などで退学になったということは、鳴海に関しては考えにくい。

神里は言った。「鳴海ちゃんのお父さんは大企業の幹部で、業績は好調だから、リストラとかはないと思う」

敦史は言った。「家は持ち家だから、簡単には引っ越せない。父親が転勤になっても、単身赴任になるだけで、専業主婦の母親と鳴海は家に残るだろう。それが転校の理由になるとは思えない」

大地は言った。「いや、親の事情とかじゃなくて、なんとなく自分の意志でやめる決断をしたっていう雰囲気だった」

いろいろ推測してみるが、思い当たることはなかった。学校で学ぶ意味を見出せなくなった的な、内面的な理由くらいしか思いつかない。

「あー、気になるなあ。鳴海、なにかあったのかなあ。親が失業したとか、病気になったとか。敦史、なにか知らない？」

「だから俺に聞くなって。別れてから、一度も話してないんだから」

「神里は？」

神里は小声でつぶやく。「私も……、最近は……、しゃべってないし」

「なあ、敦史。聞いてなかったけど、なんで鳴海と別れたんだ？」

「なんでって、だから、急に別れてって言われて……」

「なんで？」

敦史は黙り込んでしまった。ふられた理由は答えたくないらしい。あるいは敦史も分かっていないのかもしれない。

「神里。もう一回聞くけど、なんで鳴海が無視してくるようになったのか、本当に分からないのか？」

「……うん」

「でも、鳴海の口ぶりじゃあ、神里に怒っている感じではあったんだよな。あー、分かんねえ。でも、気になる。心配になってきた。鳴海のやつ、なにかあったんだよな。じゃなきゃ、学校やめないよな。これからどうするつもりなんだろ。明日から学校に来ないんだよな。ちょっくら鳴海の家に行ってみるか。自転車通学だったはずだから、そんなに遠くないよな。神里、鳴海の家、知ってる?」

「うん、行ったことあるから」

「じゃあ、みんなで行ってみよう。で、もう一回、話だけでも聞いて」

「わりい」と敦史は言った。「俺はパス」

「ああ……」ふられた元彼氏として、顔を合わせづらいのだろう。「そっか。まあ、そりゃそうだな。分かった。神里はどうする?」

神里は少し悩んでから言った。「私も、行ってみる」

「よし、じゃあ二人で行こう」

敦史と別れて、大地は自転車置き場に向かった。

大地の家は市内なので自転車通学だが、神里は電車通学である。

「よし、神里。後ろに乗れ。ちゃんとつかまってろよ」

大地の自転車の後ろの荷台に、神里はちょこんと乗っかった。ペダルをこぎだす。転倒してケガだけはさせないように、安全運転で進んだ。

神里の道案内で、鳴海の家には二十分ほどで着いた。

「でけえ家！」

思わず叫んでしまうほどの豪邸だった。鳴海の父親が勤めている会社は、富山では有名である。鳴海の靴やバッグなどから、金持ちだとは察していた。高いブロック塀で囲まれた広い敷地のなかに、三階建ての建物が見える。大地は自転車を停めて、背伸びして、塀の上から庭をのぞいた。池があり、ニシキゴイが泳いでいる。プロの庭師が手入れしているふうの日本庭園だった。

「やっぱり金持ちだったんだ。見ろ、神里。池にコイが泳いでるぞ」

自転車を引きながら、玄関のほうに回った。正面の門まで来て、チャイムを鳴らそうとしたところで、突然、家のドアが開いた。

鳴海が出てきた。鳴海は制服を脱ぎ、私服に着がえていた。

「あ、鳴海だ。どこかに出かけるみたいだぞ」

思わず、身を隠してしまった。

というのも、鳴海の顔がどことなく深刻だったからだ。深刻というより、怒っているような表情だった。とり憑《つ》かれたような表情でもある。その迫力に気圧《けお》されて、大地も神里も反射的に腰が引けてしまった。

電柱の背後に回り、鳴海の様子を遠巻きにながめた。

鳴海は、これから旅にでも出るかのような、大きなバッグを持っていた。そのまま門を出て、外に歩いていった。

「どこに行くんだろう。旅にでも出るような雰囲気だけど」

鳴海の歩いていく後ろ姿を目で追った。鬼気せまるようであり、悲壮感もある。なんだか胸騒ぎがしてきた。

「なにか変なことに巻き込まれてるんじゃないのか、鳴海のやつ。心配になってきた。あとをつけてみようか」

自転車を引きながら、神里と一緒に鳴海のあとを追った。鳴海は後ろに注意を払うことなく、気づかれずに尾行できた。

すぐ近くの駅まで歩いてきて、電車に乗った。大地は、自転車を通行人の邪魔にならない場所に置いて、神里と一緒についていった。

電車に揺られること三十分、なじみのない駅で降りた。

「神里、ここに来たことある？」

「ない」

「なんでこんなところに？　心当たりある？」

「……分からない」

鳴海は駅を出たあと、タクシー乗り場でタクシーを拾った。大地と神里も、次に並んでいたタクシーに乗った。

大地は言った。「運転手さん、前のタクシーを追ってください」

「前のタクシー？　なんで？　探偵のまねごと？」

「ええ、まあ」

「犯罪めいたことは困るよ」

「いや、そんなんじゃないです。僕たち、文高の生徒です。前に乗ったのは友だちで、なんかトラブルに巻き込まれているみたいだから、あとを追っているんです。ああ、前のタクシーが行っちゃう。運転手さん、はやく追いかけて」

富山文化高校は、地元では優秀な高校として知られている。タクシー運転手なら、神里の着ている制服で文高だと分かるだろう。いちおうは信用してくれたようだ。タクシーはようやく動きだした。前方のタクシーを追いかけていく。交通量はほとんどない道路で、見失わずに進んだ。

メーターは初乗りの六百二十円から、どんどん上がっていく。

「俺、千八百円しか持ってない。足りるかな。神里、お金ある？」

「うん、五千円ある」

「あわせて六千八百円か。遠くに行かなきゃいいけど」

十分ほど走ったところでタクシーが止まり、鳴海が降りるのが見えた。メーターは千三百二十円だった。

「あ、運転手さん、ここでいいです」

千円札と百円玉四枚を渡し、「おつりはいいです」と言ってタクシーから出た。鳴海はタクシーを降りたあと、路地に入っていく。

「神里、急げ。見失っちゃう」

神里の手を引いて、走って鳴海のあとを追った。路地に入ると、そこに新築感のある二階建てのアパートがあった。鳴海はそこの階段を上がって、二階の廊下を歩いている。奥にある部屋の前に立った。

これ以上近づくと、さえぎるものがないので、さすがに気づかれる。アパート全体を見通せる場所に立って、隠れながら見ていた。

鳴海がドアチャイムを鳴らしてしばらくすると、部屋のドアが開いた。男が顔を出す。鳴海と男がなにかしゃべっているのは分かるが、大地のいる位置では声は聞こえない。顔も表情もいまいち見えない。

たぶん若い男だ。二十代か、三十代。

「誰だ？　顔が見えない。神里、そのメガネ貸して」

神里の近視用のメガネを借りた。かなり度が強い。はじめはピントが合わなかったが、少しずつ目とレンズの距離を調整してピントを合わせると、遠くのものがすっきり見えるようになった。それから、鳴海と話している男にピントを合わせる。どこかで見たことが

でいたのだろうか、ジャージ姿である。

ある顔だった。そして気づく。

「あ、あれって、津村先生じゃん」

前担任の津村耕太である。一ヵ月ほどまえ、突然、辞表を出した津村。部屋でくつろいでいたのだろうか、ジャージ姿である。

「なんで津村先生と、鳴海が？」

津村が学校をやめた日のことを思い出した。

朝、突然、細井が教室に入ってきた。「津村先生は辞職されたので、今日から私が担任を務めます」と言った。津村からお別れのあいさつもなく、辞職した理由の説明もなく、事務的に引き継ぎが行われた。

その後、津村がわいせつ事件を起こしたという噂が流れた。教師が生徒にわいせつ事件を起こしたような場合、被害者が特定されないように、事件の詳細を隠すというのは聞いたことがある。生徒側が示談に応じたなら、被害届も出されない。もちろん教師はクビになるが、それも依願退職のかたちを取ることが多い。

実際、教師をやめた理由が正当なものなら、生徒たちにあいさつもできたはずだ。隠すのは、なにかいかがわしいことがあったことを裏づけていると言えるかもしれない。津村はテニス部を受け持っていた。そっちのほうのトラブルなら、大地には分からない。津村がわいせつ事件を起こすようなイメージは、少なくとも大地にはなかったので、かなり意外だった。しかしその噂も、確たる根拠があってのものではない。やがて消えて、話題にものぼらなくなった。

結局、津村が教師をやめた理由は、分からないまま。

津村と鳴海は、玄関のところで話し込んでいた。十分が過ぎた。津村の表情はけわしかった。鳴海の表情は、大地の位置からは見えない。二十分に達するところで、津村がドアを閉めて室内に消えた。

鳴海は玄関前で立ちつくしている。

やがて鳴海はアパートの階段を下りて戻ってきた。その顔は、あえて言えば、何かを決意したような表情だった。

鳴海を尾行するかどうか迷った。しかし鳴海をつかまえて、津村と何を話したのかを聞いても、まず答えないだろう。それより津村に聞いたほうが話が早いかもしれない。迷っているうちに、鳴海はどこかに行ってしまった。

「よし、津村先生に聞いてみるか」

神里にメガネを返してから、アパートの階段をのぼり、津村の部屋の前に立った。ドアチャイムを鳴らしたが、出てこない。部屋に津村がいるのは分かっているが、鳴海だと思って出てこないのかもしれない。

大地はドアを強くノックし、大声で言った。

「津村先生、こんにちは。相楽大地です。ドアを開けてくれませんか？」

すぐにドアが開いた。津村が驚いた顔で出てきた。

「大地、どうした？　神里も……」

「お久しぶりです、先生。あの、今、鳴海がここに来ましたよね」

「あ、ああ」

「先生、鳴海となにかあったんですか？」

「………」

「鳴海のやつ、学校をやめるらしいんですよ」

「えっ、やめる？　転校じゃなくて？」

「よく分からないですけど、本人は『やめる』って言いました」

「ちょっと待て。大地たちはなぜここに？」

「いや、鳴海が学校をやめるって言うし、なんか様子がおかしかったから、気になってあとをつけてきたんです。そしたら、ここに来たんです。それより先生、鳴海と何を話していたんですか？」

津村の目が点になっていた。考えごとをしていて、目の前の大地の姿が見えていないかのようだった。

「ちょっと行ってくる」

津村は靴を履き、ドアの鍵も閉めずに玄関を飛び出していった。

「ああ、先生、ちょっと待って」

大地も走って追いかけた。


「どうなってんだ、もう。訳が分かんないよ」

駆けていく津村を、大地と神里も走って追いかけたが、神里がついてこられず、途中で断念せざるをえなかった。結局、鳴海も津村も見失ってしまった。仕方なく駅まで歩いてきた。電車に乗ってホームタウンに戻った。

がらがらの席に二人並んで座った。

「でも、あの様子だと、津村先生と鳴海のあいだに、なにかあったんだよな。神里、思い当たることない？」

神里はうつむいた姿勢のまま、考え込んでいた。

「あっ」と突然、顔をあげた。

「ん、なに？　神里」

「そういえば鳴海ちゃんと津村先生が、真剣な顔で話し込んでいるのを見たことがある。放課後に図書部の活動で、図書室の模様がえをやって、終わって教室に戻ったら、二人きりで話し込んでいて。私が急にドアを開けたから、会話に水をさしちゃったみたいで気まずくなって、すぐにドアを閉めたけど」

「なんだろう。進路相談でもしてたのかな。それっていつのこと？」

「二学期に入ってから」

「鳴海に無視されるようになるまえ？　それとも、あと？」

「まえ」

「なあ、神里。鳴海のこと、ムカつかないのか？」

「え、なんで？」

「だって一方的に無視されてんだろ。理由もないのに。そのせいで、いじめられるようになったわけだし。鳴海に腹が立たないのか？」

「べつに。むしろ私のほうが、自分でも気づかないうちに、鳴海ちゃんに悪いことをしちゃったのかなと思って」

「ふうん、優しいんだな」

「あの、大地くん。ありがとう。いろいろ心配してくれて」

「いや、まあ、それはいいけど。俺が勝手にやってることだから」

「あ、タクシー代、私が払う」

「いいって。女に払わせられるか。俺はこう見えても九州男児なんだ。金は男が払うものなんだって、お父さんにそう言われてきたんだ」

大地の父親は鹿児島出身で、祖先は西南戦争を戦って死んだラストサムライという、幼少期からずっと聞かされてきた話を神里にもした。

「しっかし、すっきりしねえな。やっぱ、もう一回、鳴海の家に行ってみようか。もう帰っているかもしれないし。鳴海のお母さんって専業主婦なんだろ。だったら、そのお母さんに話を聞いてもいいし」

「うん」

「鳴海って、気は強いし、意地っぱりだけど、意外と二面性あるんだよな。実はセンチメンタルというか。ほら、なんだっけ、コンクールで入賞した童話」

「『鳥かごのカナリア』」

「そう、それだ」

高校生が童話を書いて応募するコンテストがある。通称、童話甲子園といわれ、文高の図書部も参加している。昨年の大会で、鳴海が書いた童話が優秀賞を獲得し、その全文が学校新聞に掲載された。

それは、生まれてからずっと鳥かごで飼われているカナリアの物語だった。

羽はついているが、ずっと鳥かごにいるので、一度も飛んだことはない。実は生まれつき羽に障害があって飛べないのだが、当のカナリアはそのことを知らない。裕福な家に飼われているので、食べ物に不足はないし、飼い主も優しい。でもカナリアは、窓の外で羽を広げて縦横に飛んでいる鳥たちを見て、うらやましく思う。あの青い空に行ってみたいと思う。自分にだって羽はついているのだから。そしてどこまでもどこまでも遠くへ飛んで、見たことのない世界に行ってみたいと思う。

ある日、カナリアは隙を見て、鳥かごから脱出する。開いた窓から外に飛び出した。カナリアは羽を広げ、全力でバタバタさせる。そして高らかに飛びたった。風に乗って飛《ひ》翔《しょう》する。高く高く舞いあがる。どうだ、みたか、とカナリアは高揚《こうよう》して叫ぶ。今、自分が飛んでいる。これが空なんだ、と思う。しかし彼は一度も飛んだことがなく、羽には障害がある。やがて失速していく。もう戻ることはできない。カナリアは必死で持ちこたえようとする。でも、ダメだ。うまくいかない。障害のある羽は、ちっとも思い描いたように動いてくれない。力つき、まっさかさま落ちていく。だんだん地面が近づいてくる。そこで死が暗示されて、物語は終わる。

正直、鳴海が書いたものとしては意外だった。バレー部で、ふがいないチームメートを罵倒《ばとう》するイメージはあっても、こんな感性があるとは思わなかった。鳴海に対する見方が少し変わったのを覚えている。

電車を降り、駅を出た。近くに停めていた自転車に乗った。後ろに神里を乗せる。ふたたび鳴海の家に向かった。

自転車をこぎだす。なんとなく言葉がとぎれる。

急に不思議な気持ちになった。昨日まで、神里はただの冴えないクラスメートにすぎなかった。それなのに今は恋に落ちていて、同じ自転車に乗っている。

「あのさ……」

大地は言ったが、神里から返事はなかった。風の音で聞こえなかったのだろう。

付き合って、と言おうとしたが、やめた。鳴海のことが片づいてからにしよう。今は神里もそのことで頭がいっぱいだろうから。

はじめは神里の前でいいところを見せて、振り向かせたいというのが動機だった。でも今は、それはひとまず置いておいて、友人のことで悩んでいる神里の力になってやりたいと純粋に思っている。

「あっ！」

突然、神里が叫んだ。大地の背中をバシバシ叩いてきた。

「痛い、痛い、なに？」

「大地くん、学校に行って」

「え、なんで？　鳴海んちに行くんじゃなかったの？」

「ちがう、ちがう。学校に行って」

「なんで？」

「いいから、はやく。急いで」

神里は、馬の尻をムチで叩くみたいに、大地の背中を平手で叩いてくる。

「ああ……、分かった。学校だな。急ぐから、ちゃんとつかまってろよ」

大地は立ちこぎになり、自転車を走らせる。学校に進路を変える。転倒に気をつけながら、なるべく急いだ。

学校までそう遠くはない。

もう夕暮れだ。赤みをおびた日の光が、真横に伸びている。

校門をくぐって、学校の敷地に入った。そこで自転車を止めると、神里は飛びおりて、全力疾走で走り去っていった。

「お、おい、神里。どこに行くんだよ」

自転車を近くに置いて、神里のあとを追った。しかし完全に見失った。校庭に行ったのか、校舎に入ったのかも分からない。

「どこに行ったんだ。とりあえず校庭のほうを見てくるか」

校庭まで歩いていく。この季節、暗くなるのは早い。部活動はほとんど終わっていて、後片づけをしていた。

神里の姿はない。

神里の携帯番号はまだ聞いていない。携帯を持っているのかも知らない。富山では、高校生の携帯電話保有率はさほど高くない。

「どこに行ったんだよ、もう」

のどが渇いたので、校庭の水道で水を飲んだ。それから教室に行ったのかと思い、校舎のほうに歩いていった。

ふいに空を見上げたとき、
何かが落ちてくるのが目に入った。

制服姿の女子。ひと目でピンときた。神里だ。

神里が、校舎の屋上から飛び出すように出てきて、そのまま落下してくる。

「え、え、なんで？」

神里が落ちてくる。考えるよりまえに、体は動いていた。

受けとめないと。

神里は背中側から落ちてくる。その落下点にダッシュした。

ぎりぎり届く。だが、受けとめられるか。

大地が落下点に入るタイミングと、神里が落ちてくるタイミングがほぼ同じ。大地は両手を突きだして、抱きとめようとした。

守りたい。すべて瞬間の判断だった。神里が地面に叩きつけられないように、自分がクッションにならないといけない。

初恋の人。神里が自分の胸に落ちてくる。

すさまじい衝撃だった。あとは何がどうなったのか分からなかった。

自分が地面に倒れているのは分かった。体まるごと全部、痛かった。

神里がすぐ近くで倒れている。神里に手を伸ばそうとするが、動くのは自分の指先だけだった。神里はぴくりとも動かない。

「かみ、ざ、と……、だい……じょうぶ……か？」

返事はなかった。

「死ぬなよ……、かみざ、と……、死ぬ、な……」

横たわる大地の目の前に、神里のメガネがあった。落下の衝撃で、レンズが粉砕され、フレームがひしゃげている。

痛い。全身が痛い。同時に、引きずり込まれていくような感覚があった。

やがて痛みは引いて、楽になっていく。意識もかすれていった——

2

相楽大地は目がさめると、硬い椅子に座らされている。

背もたれに沿って姿勢をまっすぐ伸ばし、両ひざをそろえている。小学生のときの音楽の先生を、痛みとともに思い出す。歌う姿勢が悪いと、指揮棒でその箇所をぴしりとやられて、これが痛いのだ。

真っ白い部屋にいる。

壁も床も天井も、新雪のような輝きのある白で、その境目が分かりづらい。白に包み込まれているような錯覚をおぼえる。

空気が止まっている。音も匂《にお》いもない。世界にはもはやこの部屋しかなくなってしまったかのような孤絶感がある。外の世界は核戦争で滅んで、自分だけこの核シェルターのなかで生き残ってしまったような。

この世ではないみたいだ。部屋の外は宇宙だろうか。いちおう重力はあるが、ふわふわしている。自分の体内が空洞になって軽くなったような感覚だ。

目の前に少女がいる。

少女はデスクに向かって何かを書き込んでいた。ショートカットの黒髪がきれいで、思わず見とれてしまった。うなじから肩にかけての曲線は、ほとんどアート。肌には消えかかっているような透明感がある。

少女は鼻唄《はなうた》を歌っていた。クリスマスが近づいてウキウキしている女の子みたいな無邪気さで。書き終えた紙にスタンプを押し、「済」と書かれたファイルボックスに放った。回転椅子を回して振り向いた。

「閻魔堂へようこそ」と少女は言った。「相楽大地さんですね」

「あ、はい」

「ふむふむ、なるほど」

少女は足を組み、手に持ったタブレット型パソコンに目を落とす。

衝撃的な美しさに、大地は息を飲んだ。

年齢は、大地と同じくらい。しかし年上と感じさせる大人の風格があった。にもかかわらず、少女と呼ぶしかない顔立ちである。

猫目のぱっちりした瞳。赤のルージュをひいた、うるおいのある唇。その中間で、高めの鼻が凛々《りり》しくそびえている。前髪は一本一本丁寧に切りそろえたように、眉にかかるあたりで軽やかになびいている。

ワインレッドのニットのトップスに、少しだけふくらんだ胸。トラッドチェックのミニスカート。細長い足の先に、白のスニーカー。左耳に真珠のイヤリング。全体的に露出の多い服装だが、いやらしさはまったくない。スタイルとして洗練されていて、難癖《なんくせ》のつけようがないのだ。

ただし理解できないのは、背中にはおっている真っ赤なマントだった。少女には大きすぎるうえに、色がグロテスクすぎる。鮮血を連想させる、生々しい赤色。それが露骨な主張をしていて、すべてをぶち壊しにしている。

一瞬で、少女のインパクトに飲み込まれた。

少女は言った。「ええと、あなたは父・相楽重民《しげたみ》、母・花奈子《かなこ》の末っ子として生まれた。そのルックスもあり、母と二人の姉、二人の祖母、近所のお姉さん、おばさんからたっぷり甘やかされて育った。なんでもやってもらい、なんでも買ってもらうことに慣れ、人生の厳しさを知らずに育つ。見かねた父が野球をやらせるが、厳しいコーチのもと練習についていけず、一ヵ月でやめた」

「でも、あれはひどいんですよ。真夏に朝九時から日が暮れるまで、直射日光のなか立ちっぱなしで、走れ、声を出せって怒鳴られて。僕には無理です」

「そのあと近所の空手道場に入れられるが、これは二回目の練習でやめた」

「だって僕なんか素人なのに、いきなりマスクつけさせられて戦わされて、年下の女の子にボッコボコですよ。やめますよ。ケガするもん」

「と、『でも』『だって』が多い。何かにつけて言い訳して、すぐやめる」

「う……。それ、よく言われます。みんなから」

「学校の成績はいい。根性はないから、ずっとは無理だけど、短期間ならがんばれる。試験前にちょこっと勉強して、いい点を取ることには長《た》けている。自分のことをよく知っていて、基本的に忍耐が要求される場所には入っていかないし、怒鳴ってきそうな人のところには近づかない」

「僕はほめられて伸びるタイプなんです。怒鳴られるのは嫌なんです」

「そういうことを自分で言っちゃうところが甘ったれなんです。とまあ、三日坊主の王子様、相楽大地さんでよろしいですね」

「はい、そうです。事実なので仕方ありません」

不思議な少女だ。体格的には華奢《きゃしゃ》なのに、存在のオーラは大きい。そのバランスで、大きく見えたり小さく見えたり。距離感をうまく測れない。

「でも、なんで僕のことをそんなによく知っているんですか？　っていうか、誰？」

「私は閻魔大王の娘の沙羅です。なぜあなたのことをよく知っているかというと、この閻魔帳にそう書いてあるからです」

「エンマ帳？」

「あなたの人生の全記録が、このタブレットにおさめられています。それを一瞬で速読しているんです。閻魔の頭脳は、人間界のＡＩより、記憶容量においても、思考のスピードにおいても優秀だと言われています」

「エンマって、あの閻魔ですよね。地獄の大王の……」

「そうです。その閻魔です」

「ということは、もしかして僕は死んだってこと？　マジで？　本当にあるんだ、死後の世界って」

「マジであります。閻魔大王は、人間の空想上のものではなく、実際に存在するもう一つの現実なのです」

沙羅の説明は続いた。

人間は死によって肉体と魂が分離され、魂のみ霊界へとやってくる。ここで生前の行いを審査され、天国行きか地獄行きかの審判がくだる。

通常であれば、ここには沙羅の父・閻魔大王がいる。しかし今日はアルコール依存症の治療のため、阿弥陀如来《あみだにょらい》に来てもらい、座禅の修行をしているという。そこで娘の沙羅が代理を務めている。

沙羅の説明で、すべての疑問が解けた。

さっき気づいたのだが、なぜか体が動かない。脳と体をつなぐ神経が切られている。見る、聞く、話す、この三つはできる。脳も動いているし、記憶喪失でもない。ただ、彼女が誰で、ここがどこで、なぜ自分がここにいるのかが分からないだけ。それも死んだということであれば理解できる。

「——ということです。話は分かりましたか?」

「はい、沙羅さんですよね。ちなみに年齢はおいくつなんですか?」

「女性に年齢を聞くのは失礼です」

「僕より年上か、年下かだけでも」

「年齢が上か下かにかかわらず、私はあなたより偉大です。こうして向かい合っているのがおこがましいほど」

「ですよね。なんとなく分かります。で、話を戻しますと、僕は死んだんですね」

「ええ」

「でも、なぜ？　まったく思い出せないんですが」

「ええと、圧死ですね。校舎の屋上から落ちてきた人間の下敷きになって」

「圧死？　屋上から落ちてきた……、あっ」

ふいに思い出す。そう、屋上から人が落ちてきた。

制服を着た神里。助けようと落下点に入り、受けとめた。しかしあまりの衝撃に受けとめきれず、そのまま押しつぶされて死んだ。


死の直前を思い出す。本当に象に踏みつぶされたような感覚で、強烈に痛かった。近くに神里が倒れていた。生死は不明。落下点に入って抱きとめたが、うまくクッションになれたかどうかは分からない。

「沙羅さん、神里はどうなったの？」

沙羅は小さく息をつき、タブレットを見つめていた。

「あの、沙羅さん。神里は助かったの？　それとも、死んだ？」

「教えられません」

「えっ、なんで？」

「死者が生前知らなかったことは教えてはいけない決まりなんです」

「そうなんですか。でも、生きているかどうかだけでも」

「教えられません」

「じゃあ、なんで神里は落ちてきたんですか？」

「それも同様に教えられませんし、そもそも質問を受けつけていません。お静かに」

「でも……」

「シャーラップ。しつこいと痛い目にあわせますよ」

悪魔のような瞳でにらまれ、大地の体は凍《こお》りついた。

沙羅が人間ではないことを思い知らされた。これまで接してきた女性たちは、このルックスなので、たいてい大地を甘やかしてくれた。まわりの女性が自分のわがままを聞いてくれるのが当たり前という環境で育ってきた。

でも沙羅は、たぶん女性だと思うけど、まったく異質である。魔王とか、サタンとか、そっちの生き物だ。人間がハエを殺すような感覚で、人間を殺すかもしれない。そのせいか、恋愛感情を持てない。こんなにかわいいのに、付き合いたいと思わない。沙羅の本質は、毒だ。逆らったら、本当に拷問されかねない。

「さて、どうするかな。天国か地獄か。今のところ、これといった徳行はない。まわりに甘やかしてもらうばかりで、自力で何かをしたことはない。まあ、性格は優しいし、基本的に悪いことはしない。そして人生の最期《さいご》は、人を助けようとして死んだ。個人的には好きなタイプじゃないけど、天国行きでいいか」

「あ、あ、ちょっと待ってください。僕はまだ死にたくないんです」

「は？」

「僕には夢もあるんです。役者になるっていう夢が」

「やれやれ。やっぱり世間をなめているんだな、君は」

沙羅はあきれ顔で、頭をかいた。

「どうせ無理だって。芸能界って厳しいんだよ。このルックスなら成功するだろうっていう甘い願望からくる妄想で、夢ってほどのもんじゃないでしょ。あんたクラスのイケメンなら、全国規模では何千人もいる。そういうのが集まったなかで成功するには、それプラス、なにかないとね。根性、バイタリティ、クリエイティビティ、インテリジェンス、あるいは嗅覚《きゅうかく》。そういうものはあなたにはない。ただの甘えん坊でしょ。肉体労働はイヤ、会社に入ってこき使われるのもムリ。それならこの顔を生かして芸能界へ。そんな消去法的な意志で通用するわけがない。あんたは場末のホストクラブで、下劣なおばさん相手にナンバーワンになるのが関の山の人間です。わきまえなさい」

そう言われると、急に自信がなくなってきた。

子供のころから、「芸能界に入らないの？」とまわりから言われてきた。それを当然のように受けとめてきた。だから漠然と成功すると思っていた。でも保証はないし、甘い考えなのもあらためて考えればその通りだ。

「それはそうかもしれないけど、でも僕はやっぱり死ねないんです。僕が死んだら、お母さんも、二人のお姉ちゃんも、二人のおばあちゃんも、みんな悲しむから」

「あなたがみんなに愛されてきたのは知っています。でも、私の知ったことじゃありません。では天国行きなので、そちらのドアへ」

沙羅が指をさした先に、いつのまにかドアができていた。

「そのドアを開けて、階段を昇っていってください。天使が待っていますから、あとは誘導に従ってください」

「嫌です。行きません。まあ、役者のことは沙羅さんの言う通りかもしれませんけど。でも、神里はどうなったんですか？　助かったんですか？」

「だから教えられないって言ってるでしょ」

「僕の初恋の人なんです。好きになってまだ一日だけど、本当に好きなんです」

「知るか、そんなこと」

「神里がどうなったかだけでも教えてください」

「天国へどうぞ」

「神里が助かったなら、神里を守れて死んだなら、僕は納得して天国へ行きます。だからそれだけ教えてください」

「納得しようがしまいが、関係なく人間は死にます。自殺でないかぎり、人間は自分の死を、すなわちいつ死ぬか、どう死ぬかを選べません。命とは、人間にとっていわば借りものであり、神が貸し与えるものなんです。その命をまっとうするのが人間の責務です。自殺がなぜ罪深いかというと、貸し与えられたものを勝手に放棄するからです。まあ、そんなことはどうでもいいか。いいから天国へ行け」

「嫌です。神里がどうなったか教えてください」

さっきまで動かなかった手足が動く。立って、あのドアをくぐることができそうだ。でも、行きたくない。あのドアをくぐった瞬間に、死が確定する。つまり相楽大地でなくなる。永遠に戻ることはできない。

「行かないなら地獄へ落としますよ」

「神里がどうなったか教えてください」

「それは意志が強いのではなく、駄々をこねているだけです。これまでは、あなたが駄々をこねれば、まわりの女性が手をさしのべてくれたのでしょうけど、私はそんなに甘くありません。これが最後の警告です。天国へ行きなさい」

「神里がどうなったか教えてください」

「三秒以内に席を立たなければ、地獄へ落とします」

神里の顔が浮かんだ。まだ笑った顔は見ていない。鳴海のことで動いたのも、神里の力になりたかったから。神里に笑ってほしかったから。

これでも九州男児。ほれた女のためなら命を捨ててもいい。神里が助かったのなら、喜んで天国へ行く。そうでないなら、まだ死ねない。

「神里がどうなったか教えてください」

「三、二、一、ゼロ。それがあなたの答えですね。では、地獄へ落ちろ！」

沙羅の目が吊りあがり、咆哮《ほうこう》した。

その瞬間、激痛がきた。

頭の先から尻の穴までを貫かれたような激しい痛みだ。死んだときの痛みをはるかに上回る。圧死より強烈。体が消滅したように感じた。

地獄に落ちた、と思った。

沙羅に逆らったことを後悔した。強い意志をもって反抗したはずなのに、食らった瞬間に心を砕かれた。

だが、次の瞬間には痛みが引いていた。

痛みの余韻がなく、たった今、夢から覚めたみたいにいきなりゼロになる。

おそるおそる目を開ける。そこはまだ閻魔堂の白い部屋で、目の前には桁ちがいの美少女が足を組んで座っている。

「やれやれ」と沙羅は言った。「意外と根性あるんですね。こうすれば、甘ったれのあなたのことだから、最後は泣いて命乞《いのちご》いしてくると思ったのですが。まあ、いいでしょう。今日は仕事も順調に進んでいるし、なんとなく気分いいし。私に逆らった罪は、閻魔の雷光の一発で許してあげましょう」

何をされたのか分からない。電気ショックとも少しちがう。本当に生きたまま臓腑《ぞうふ》をえぐり取られたような痛みだった。

「では、こうしますか。あなたは神里がどうなったのか知りたいという。しかし霊界のルール上、それを私の口から教えることはできない。これは霊界における絶対的な掟《おきて》なのです。とはいえ、あなた自身が推理して言い当てるぶんにはかまわない。そこで死者復活・謎解き推理ゲーム」

「えっ、ゲーム？」

「そもそも今回のことは、あなたにとって青天の霹靂だったはずです」

「あ、そうです。青天の霹靂です。なんで神里が落ちてきたのかも分からないし」

「そう、そこ。なぜ神里は落ちてきたのか。その謎を解くことができたら、特別に生き返らせてあげましょう」

「本当？　でも情報なさすぎて、ぜんぜん分からないんですけど」

「そんなことはありません。謎を解くために必要な情報は出そろっています。つまりあなたの頭の中にある情報だけで、真相を導きだすことができます」

「ホントですか」

考えてもみなかった。頭の中にある情報だけで謎が解ける？

「もし解けたら生還。解けなかったら大人しく天国へ。それでも行かないと駄々をこねるなら、今度こそ地獄に落とします。チャンスは与えたのですから。いいですね」

「は、はい、分かりました」

充分すぎるほどの譲歩だった。これ以上の譲歩を閻魔様に求めるのは、さすがにずうずうしい気がした。

そう、謎を解くのだ。そして復活する。もう一度、神里と会うために。

「制限時間は十分です」と沙羅は言った。

「スタート」

沙羅は言うなり、席を立った。マントを脱いで、雑に床に捨てた。冷蔵庫を開けて、オロナミンCを取りだし、一気に飲む。げっぷしてから、体操。首を回し、肩を回し、腰を回し、アキレス腱《けん》をのばす。それからCDラジカセを持ってくる。中にCDを入れ、音量を上げて再生ボタンを押す。

「さて、やるか」

音楽が鳴りはじめる。ダンスミュージックで、歌声は入っていない。

沙羅がダンスのステップを踏む。異様に速い。ピアニストが鍵盤《けんばん》を弾《ひ》くようなスピードで、小刻みに足をステップさせ、華麗に腕をふる。髪を振りみだし、スカートをひらひらさせて舞った。最高難度のダンスを、いともたやすく踊っている。軸が一瞬もぶれない。まぎれもなくトップダンサーだ。

思わず見とれてしまった。逆にいうと、すごく気が散る。

「あの、沙羅さん」

大地の声は、大音量の音楽にかき消される。

大声で叫んだ。「あのー、沙羅さーん、ちょっといいですか？」

「なに？」沙羅は踊りながら言った。

「あの、気が散って、推理に集中できないんですけど」

「だから？」

「あ、いや……、すみません。なんでもないです」

ここのルールは沙羅が決めるのだ。そして沙羅はなんであれ、したいようにする。人間は沙羅には逆らえない。人間が動かしようのない山とか島のような存在だ。沙羅に逆らうのは、いわば火山の噴火に立ち向かうようなものだ。沙羅の「だから？」には、そのような響きがこめられていた。

この状況下で推理することもゲームのうちなのだと思った。幸い、音楽は歌つきではない。思考にそこまでの支障はない。

思考を切りかえる。まずは自分が死ぬことになった原因。すなわち、なぜ神里が落ちてきたのかから考える。話はそこからだ。

最初に思い浮かんだ可能性は、自殺だ。

神里は自分の足で屋上に上がり、自分の意志で飛びおりた。だが、この可能性は消していい。第一に、動機不明。直前まで自殺する兆候などなかった。第二に、神里は背中側から落ちてきた。自殺するなら、普通は前向きで落ちるはずだ。屋上から飛びおりるのに、まずは背を向けて、背中側から落ちるというのは考えにくい。したがって絶対にないとまでは言いきれないけど、ひとまず除外していい。

次に事故死。

この可能性も消していい。あの状況でどんな事故が起きたら、神里が転落してくることになるのか、想像もできない。それこそ情報がなさすぎる。今ある情報だけで謎は解けるのだから、この可能性も除外していい。

となると、残る可能性は一つ。他殺だ。

「二分経過、残り八分です」沙羅は踊りながら言った。

「もう二分過ぎたの？　はやっ」

急がないと。もっと推理のスピードを上げなければならない。

残る可能性は、自殺でも事故死でもないなら、他殺。つまり誰かに突き落とされた可能性だ。犯人は誰か？

いや、そのまえに、なぜ神里は屋上に行ったのか。

死ぬまえの状況を思い出してみる。突然、「学校に行って」と言われた。そして学校に着くなり、神里は走ってどこかに行った。それから神里が落ちてくるまで、わずか数分。時間的に神里は屋上に直行したはずだ。

その屋上に誰か、すなわち犯人がいた。そこで何が起きたのか。

それはよく分からないが、まずはあの屋上に行ける人間を絞り込んでみよう。

屋上に行くルートは二つ。

一つは最上階に上がり、ドアの鍵を開けて屋上に出る正規のルート。これには鍵が必要だ。屋上に出る鍵を使えるのは、基本的には教師のみ。鍵は、生徒が屋上に出ないようにするためにつけられたものだからだ。

もう一つは、非常階段ルート。このルートを知っているのは、大地と敦史と神里。他にもいる可能性はあるが、大地は知らない。そもそもあのルートを発見したのは敦史だ。屋上へはよく二人で行っていたが、いつも無人だった。知っている人がいたとしても、それほど多くないはず。

「いや、そうか。鳴海は知っているかもしれない」

非常階段ルートは、秘密の場所なので、大地は誰にも教えていない。神里も知ったばかりで、誰にも教えていないだろう。敦史もむやみには教えていないだろうけど、鳴海とは付き合っていたのだから、教えたとしても不思議ではない。恋人同士で秘密の時間をすごすには最適な場所といえる。

つまり言いかえると、容疑者はこの範囲に絞られる。

「次に考えるべきなのは……、動機か。神里を殺す動機」

一般的な殺人の動機は、金か憎悪。でも状況的に、金銭目的は考えなくていい。とすると、憎悪。神里を憎んでいる人を挙げると……。

たくさんいる。まさにいじめられている最中だ。最近、国語で習った言葉でいうと、四面楚歌《しめんそか》。特に鳴海は、理由は不明だが、神里にかなり怒っていた。おまけに今日、神里はずっと大地と一緒にいた。大地は自慢じゃないが、もてる。大地のことを好きな女の子たちは、神里に腹を立てていたかもしれない。

「んー、まいった。分からん」

ここにきて推理が止まった。いや、ここまでは推理というか、状況の確認にすぎない。まだぜんぜん真相が見えてこない。

たぶんここにいたるまでのプロセスが見えていないからだろう。

そうなのだ。問題は、なぜ神里が急に「学校に行って」と言いだしたのか。たぶん神里は何かに気づいたのだ。そして学校に行き、屋上に向かった。屋上に何があったのか。それが分かれば真相も見えてくるはずだ。

沙羅は音楽を止めて、休憩する。さすがに閻魔でも、全力のダンスは疲れるようだ。呼吸をととのえながらストレッチしている。

「四分経過、残り六分です」

休憩もつかのま、ふたたび音楽をかけて踊りはじめる。

こちらも推理に戻る。末っ子の自分が死んだら、家族みんなが悲しむ。今、この場で頼れるのは己の頭脳のみ。「でも」も「だって」も通用しない。この頭脳だけで立ち向かうしかないのだ。

戦うんだ。神里のためにも。

まだ答えに近づくための糸口さえつかめていない。でもなんとなく、推理のコツはつかんできた気がする。まずは何が分かっていないのかをはっきりさせよう。

第一に、神里の身に何が起きたのかを考えてみる。

神里はこの一ヵ月、クラスで無視されていた。きっかけは鳴海と絶交になったこと。鳴海のグループからはじかれて、神里は孤立した。しかし神里自身は、なぜ鳴海が口をきいてくれなくなったのか分からないという。なにかきっかけはあったのだろうが、女同士のことでもあり、大地にはちょっと想像しづらい。

つまり分からないことの第一は、なぜ鳴海が神里を無視するようになったのか。

次に、鳴海に何があったのか考えてみる。

鳴海に関しては分からないことが二つある。一つは、夏休み前に敦史と別れたこと。別れ話を切りだしたのは鳴海だという。つまり鳴海のほうに別れたい理由があったことになる。その理由を敦史は知っているのかもしれないが、答えなかった。触れてほしくないことなのかと思い、大地もあえて聞かなかった。

そしてもう一つ、突然、学校をやめたこと。その理由も分からない。

今日、鳴海を尾行していくと、津村のアパートに行った。二十分ほど話して、鳴海は立ち去った。そのあと大地が津村の部屋を訪ねて、鳴海が学校をやめたことを伝えると驚いて(津村は、鳴海が学校をやめたことを知らなかったようだ)、あわてて鳴海のあとを追いかけていった。そのあとのことは分からない。

鳴海と津村のあいだに、なにかあったのだろうか。

そう考えると、今度は津村だ。

なぜ津村は教師をやめたのか。その理由も分かっていない。

今日、津村は自宅にいた。会社勤めしている人だったら、まだ帰宅する時間ではない。

無職なのだろうか。津村にとっても突然の辞職で、再就職活動もままならない可能性もある。津村が教師をやめた理由に、鳴海が関わっているのか。津村には、わいせつ事件を起こしたという噂もあったが。

ふいに思い出す。神里の話。あるとき図書部の活動を終えて教室に戻ったら、津村と鳴海が二人きりで話し込んでいたという。それは神里が鳴海に無視されるようになるまえのこと。

「六分経過、残り四分です」

まとめると、疑問点は四つ。
①鳴海はなぜ神里を無視するようになったのか。②鳴海はなぜ敦史と別れたのか。③鳴海はなぜ学校をやめたのか。④津村はなぜ教師をやめたのか。
こうしてみると、四つの疑問すべてに、鳴海が関わっている。

そう、推理の鍵は鳴海なのだ。

問題は、大地が鳴海をよく知らないこと。

鳴海について知っていることを挙げてみる。バレー部のレギュラー。クラスの中心的存在で、影響力がある。気が強く、イエス・ノーをはっきり言う。一方で図書部も兼部していて（今はやめたが）、書いた童話が入選するなど、意外な一面も持っている。敦史の彼女だったので、ある程度、親しくはあった。しかし鳴海は部活をやっているので、放課後に一緒に行動したことはない。敦史と別れてからは、大地もなんとなく話さなくなった。というわけで、鳴海のことはよく知らない。

「分からん。鳴海に何があったんだ」

ここで思考が止まってしまう。四つの疑問が宙ぶらりんのまま。

沙羅は踊っている。華麗に、優雅に、そして雄々しく。

ステップの音が音楽にぴたりと合っていて、それ自体が楽器のように機能している。ステップにメロディーがあり、床を使って演奏しているみたいに聞こえる。

「あっ」沙羅に気を取られた瞬間に、びびっときた。

ひらめきが下りてきた。

「そうか。四つの疑問はバラバラじゃなくて、全部つながっていたんだ」

そこに気づいたら、全体像がぱっと浮かんだ。

はじまりは、鳴海が津村に恋をしたこと。

二年生になり、鳴海は津村のクラスの生徒になった。津村はまだ二十代。きっかけは不明だが、鳴海は津村を好きになった。だから敦史と別れた。つまり疑問②の答えは、他の人を好きになったから。

そして鳴海はイエス・ノーをはっきりさせる女だ。津村に告白し、二人は付き合うようになったとする。しかし、これはこれで問題だ。いくら当人たちが純愛を主張しても、教師と生徒の関係であり、鳴海はまだ高二。世間では不適切な関係とみなされ、青少年保護育成条例にもひっかかるかもしれない。

おそらく二人の関係は学校側にバレたのだ。この場合、鳴海は被害者ではないけれど、津村は教師をクビになった。依願退職というかたちで責任を取らされたわけだ。これで疑問④の謎が解ける。

問題は、なぜ交際がバレたのか。

二人としても禁断の関係という自覚はあっただろう。隠れて交際していたはずなのに、なぜ学校側にバレてしまったのか。思い当たるのは、神里だ。神里が図書部の活動を終えて、教室に戻ったとき、津村と鳴海が二人きりで話し込んでいたという。しかしそうではなく、キスをしていたのだとしたら。

そこに神里が入ってきた。気配に気づき、二人はとっさに唇を離した。キスをしているところは、神里の目に入っておらず、二人がなにか真剣な顔で話し込んでいるように見えた。しかしその真剣な顔は、キスをしているところを見られた気まずさで、顔がこわばっていただけかもしれない。

その直後、二人の交際が学校側にバレた。つまり鳴海は、神里にキスをしているところを見られたと思い、神里がそのことを学校側に密告したと勘違いしたのではないか。だから絶交し、無視した。これで疑問①が解ける。

そして鳴海。自分との交際がバレたことで、津村が教師をやめる結果になったことに、自責の念を感じたにちがいない。だから自分も同じ罰を受けるという意味で、学校をやめた。そういうところは鳴海らしい。これで疑問③が解ける。

これですっきり説明がつく。四つの疑問は一本の糸でつながっていたのだ。

謎が解けた爽快感《そうかい》より、あっけなさを強く感じた。謎というものは、解けないうちはもぞもぞするだけだが、いったん解けてみると、なぜ今まで分からなかったのか不思議なくらい、ひどく簡単なことだったりする。いくら押しても開かなかったドアが、横に引いてみたら開いたみたいに。

「八分経過、残り二分です」

推理は、もうちょいのところまで来ている。

残り二分に、すべてを賭《か》ける。自分のため、神里のため。

次に考えるべきことは、鳴海は学校をやめたあと、どうするつもりだったのか。

いったん家に帰り、それから津村のアパートに行った。二人が何を話したのかは分からないが、鳴海は津村の部屋に入ることなく、引き返してきた。そのあと大地が津村の部屋を訪ねて、鳴海が学校をやめたことを伝えた。津村はあわてて部屋を出ていった。たぶん鳴海を追いかけていったのだと思う。

そのあと大地と神里は、もう一度、鳴海の家に行ってみようということになった。その途中で、神里が急に「学校に行って」と言いだした。

たぶん神里は何かに気づいたのだ。

もしかしたら、今の推理をひらめいたのかもしれない。

神里は、大地以上に鳴海のことを知っている。大地が解けたのだから、神里が解けてもおかしくはない。そして学校に行くように言った。学校に着くなり、屋上に直行したものと思われる。しかし、なぜ屋上なのかが分からない。

あらためて、鍵がなくても屋上に出るルートを知っているのは、大地、敦史、神里、鳴海。そして鳴海が知っているなら、津村にも教えた可能性はある。あの屋上を、鳴海と津村が学校内のあいびきの場所にしていた可能性もある。

神里はなぜ屋上に向かったのか。屋上に何があったのか。誰がいたのか。

そこが分からない。

沙羅はダンスをやめて、CDラジカセの音楽を消した。腕時計で時刻を見る。

もう時間がない。

屋上……、屋上……、屋上……。

神里は、大地以上に鳴海のことを知っている。

鳴海……、飛べないカナリア……、意外にセンチメンタル……。

「そういうことか。だから神里はあわてて」

ぴんときた。なぞなぞが解けたときの、あの感覚。

大地は推理を固めた。学校に着き、神里が大地の自転車を降りてから、落ちてくるまでの数分の出来事をシミュレーションしてみる。

間違いない。これが正解だ。

「残り十秒です」沙羅のカウントダウンがはじまった。「十、九、八、七、六」

神里は生きているのか。自分はしっかり神里を守れただろうか。

生きていてほしい。いや、生きていてもらわなければ困る。

もっと神里と話をしたい。一緒にどこかに行きたい。

初めて恋に落ちたのだ。生き返っても、神里のいない世界なら意味はない。

「五、四、三、二、一、ゼロ。終了です。答えは分かりましたか？」

「はい、完璧です」大地は答えた。

3

沙羅はマントをはおり、椅子に座って足を組んだ。

「では、解答をどうぞ」

「はい、すべての鍵を握っていたのは鳴海でした。鳴海は津村に恋をした。そして告白して、付き合うようになった。しかしそのことがバレて、津村は依願退職に追い込まれた。問題は、なぜ学校側に二人の交際がバレたのか。実際はちがうと思うけど、鳴海は神里が密告したのだと思った。だから一方的に絶交した。どうですか。ここまでの推理に問題はないですか?」

「いいでしょう。それで?」

「鳴海は、自分のせいで津村が教師をやめたことに、自責の念を感じた。そこで自分も学校をやめた。であれば、もう教師でも生徒でもない。堂々と交際できる。鳴海は学校をやめたあと、津村と駆け落ちでもするつもりだったのかもしれない。しかし津村は、鳴海が学校をやめるなんて聞いていなかった。鳴海が一人で思い込んで、勝手に決めたこと。だから津村は、鳴海を追い返した。『二度と来るな』くらいのきつい言い方をしたかもしれない。鳴海はショックを受け、津村のもとを去った。そして自殺を思いたち、ある場所に向かった」

大地はここまで話して、ひと息ついた。

「一方で、神里です。たぶん神里は、ここまでの推理に気づいたんです。鳴海の、津村に拒絶されて歩き去っていったときの表情。僕も何かを決意したような表情だと思いましたけど、神里は僕以上に鳴海のことを知っていたので、そこに自殺の匂いを嗅《か》ぎとったんです。問題は、鳴海が自殺するつもりだとして、どんな手段を選ぶか。そこであの童話『鳥かごのカナリア』を思い出した。羽に障害のあるカナリアが、外に飛び出した。一度は飛んだけど、失速して落ちていく。そういう話です。あんな童話を書くくらいだから、鳴海には自己破滅的な願望があるのかもしれない。その鳴海が自殺するとしたら、飛び降り自殺を選ぶのではないかと思った。

確実に死ねる高さといったら、学校の屋上。あの地域に学校より高い建物はなく、なにより津村と出会った思い出の場所です。そして鳴海は、屋上に行く非常階段ルートを知っている可能性がある。ここまでのことに神里は気づいて、だから『学校に行って』と言った。鳴海の自殺を止めなきゃ、と思った。津村から拒絶されたあと、まっすぐ学校に向かったのだとしたら、時間的に間に合うかどうか。

学校に着くなり、神里は自転車を降りて、屋上に向かった。そしたら、まさに鳴海が飛び降り自殺をしようとしているところだった。神里は飛びついて止めた。しかし腕力は、バレー部レギュラーの鳴海のほうが強い。もみあいになり、はね飛ばされるかして、屋上から転落した。ちょうど、その下を歩いていたのが僕というわけです。以上、これが僕の推理です」

沙羅は、推理を終えた大地を、あごをしゃくって見下ろした。上から目線がこれほどサマになる女性は、沙羅をおいて他にはいない。

「いいでしょう。正解です」

「やった！」

「正解なので、少し補足説明をしてあげましょう。あなたの推理通り、はじまりは鳴海が津村に恋をしたこと。そのころ鳴海の両親は、夫の浮気に端を発する離婚協議中で、とりわけ鳴海の親権でもめていました。鳴海はそのことで精神的に不安定になり、学業に集中できない日々が続きました。それに気づいた津村が声をかけ、相談に乗ってもらっているうちに恋心が芽生えたんですね。当時、付き合っていた敦史は、鳴海からみると、かなり頼りなかった。大人の男という点で、津村のほうに魅力を感じた。こうなると鳴海は一直線です。敦史と別れて、津村に告白しました。

津村は当然、教師と生徒の関係ですから、最初は断りました。ですが、彼も一人の男。鳴海の性的魅力には抗しがたいものがありました。鳴海も、一度は断られたものの、簡単にはあきらめない。津村は、理性では拒絶しても、体は反応してしまう。やがて言い寄られるままに、鳴海を抱きよせ、キスしてしまった。心の防波堤が決壊してからは、ずるずると禁断の関係に落ちていきました」

「そうなんだ。ぜんぜん気づかなかった」

「しかし、それも終わりを告げます。というのも、学校に匿名の密告があったからです。津村と鳴海が不適切な関係にあると。校長が津村を呼んで問いつめました。津村は基本的には正直者なので、あっさり白状しました。もともと罪の意識があったうえに、校長から指摘されて理性を取り戻した。そして責任を取り、すみやかに辞表を提出した。教師をやめると同時に、鳴海にも別れを告げました。

鳴海は、密告者は誰かを疑いました。思い当たるのは一人、神里です。例のあのとき。そのとき鳴海は誰もいない教室で、津村とキスをしていました。が、気配を感じ、ドアが開く瞬間にとっさに離れた。そしてドアから神里が顔を出した。神里は何も見ていなかったのですが、鳴海はキスしているところを見られたと思った。その直後の密告です。神里が、教師と生徒がそういう関係を持つのはよくないと、偽善者ぶって密告したのだろうと鳴海は思った。頭にきて、絶交しました」

「でも神里はそんなことしてません。誰が密告したんですか？」

「敦史です」

「あっ」

「彼は鳴海と別れたあとも、未練を残していました。それとなく観察していたので、鳴海の津村を見る目の変化に気づきました。それからは監視して、二人が付き合っているという確証を得た。学校に匿名の密告書を送ったのは、まあ、自分をふった鳴海に対する仕返しであり、腹いせです」

「そっか。敦史だったのか」

「鳴海は、津村が学校をやめたあと、ずっと自責の念にかられていました。自分のせいだと思いつめていたし、津村だけが責任を取らされたことにも憤りを感じていました。そして自分も学校をやめる決意をした。家庭はボロボロで、もう両親とは一緒にいたくない。学校もやめ、家も出て、津村と駆け落ちするつもりでした。誰にも相談していません。退学届は郵送し、両親にも置き手紙を残しただけです。すべてを捨てて、身一つで津村のもとに行けば、もう教師でも生徒でもないので、津村は受け入れてくれると思っていた。若い娘さんは恋に盲目です。あとさき考えていない。

　津村は学校をやめて一ヵ月、就職活動もままならず、現在も無職のままです。そこに鳴海が現れ、一緒に住みたいと言ってきた。そんなことが許されるわけがありません。混乱し、きつい言葉で突き放しました。家に帰れ、二度と俺の前に現れるな、と。そしてドアを閉めた。鳴海の頭を冷やすつもりだったのですが、覚悟を決めてきた鳴海にはショックすぎる言葉でした。そのあと津村は、あなたから鳴海が学校をやめたと聞かされ、あわてて追いかけていったのですが、見失ったままです。

　鳴海は津村に拒絶されました。でも、もう家には帰りたくない。死のう、と短絡的に思いました。ここまでの時点でかなり思いつめていましたから。そして最初に浮かんだ場所が、学校の屋上でした。屋上へは敦史と付き合っていたときに、何度か行っていました。そこから飛びおりて死のうと思った。

　童話に書いたカナリアのように。そういう自己破滅的な願望が、確かに鳴海にはあるようです。鳴海にとって、学校や家庭は鳥かごであり、そこから飛びたちたいと願っているカナリアが鳴海。自分自身になぞらえていたわけですね。しかし鳴海は鳥かごの外に出たことがなく、羽には障害がある。外に飛び出せば、死ぬしかない。こうなることが暗に予言されていたかのようです。

あとは、あなたの推理通りです。ここまでのことに神里は気づき、自殺を止めようと思って学校に向かった。屋上に行くと、ちょうど鳴海が飛びおりようとしていた。神里は飛びついて止めた。ですが、力が弱いので、振りはらわれた。鳴海にすれば、すべてこうなる原因を作ったのが神里です。その神里が現れたことで、逆上して強く突き飛ばしてしまった。神里はバランスを失って転落したというわけです」

正解して、ほっとした。

最後に記憶に残っている神里の姿を思い浮かべた。ぐったりと倒れていた神里。大地の呼びかけにも返事はなかった。

「それで、神里は生きてるの？」

「少し後日談を。実は、あなたが死んで地球時間で約二日が経っているのですが、神里は生きていて病院に入院しています。あなたが抱きとめたおかげで、頭部にダメージがなく命は助かりました」

「そうなんだ、よかった」

「ただし、予断は許しません。いまだ意識不明のうえ、内臓破裂に全身複雑骨折。生命維持装置でどうにか命をつないでいる状態です。仮に意識が戻っても、重度の障害が残るのは間違いありません」

「沙羅さん、どうにかならないんですか。神里を助けてあげてください。お願いします。僕の命と引きかえでもいいです」

「はいはい、落ちついて。ええと、あなたを生き返らせると言いましたが、正確には時間を巻き戻すんです。あまり巻き戻すと、あとで調整が大変になるので、死の直前まで戻します」

「死の直前というと、どのあたりですか？」

「神里が落ちてくるあたりです」

「ちょっと待ってください。それじゃあ、また死ぬだけじゃないですか。神里が落ちてくるって分かってても、僕、絶対に逃げないですから。逃げたら、僕は助かるけど、神里が死んじゃう。それじゃあ意味がないんです」

「分かってますって。だからそうならないように、こっちで手配しておきます。まあ、どちらにしても、あなたはここに来た記憶をなくします」

「ああ、そうですね。覚えていたら、まずいですよね。じゃあ、分かりました。あとはよろしくお願いします、沙羅さん」

「というわけで、これ以上、時間を無駄にしたくないので、さっそく」

沙羅はデスクに向いて、キーボードをタブレットにセットした。ブラインドタッチで打ち込みはじめる。

その姿に、大地はただ見とれていた。あらためて、めちゃくちゃかわいい。そして美しい。きれいもかっこいいもすべて入っている。なにより外見以上に、存在そのものが幽玄で、芸術的だ。

沙羅は、その姿が「絵画」になり、発する言葉は「詩」になり、立てた音は「音楽」になる。さっきまで推理に夢中で気づかなかったけど、今、すごい体験をしていて、ありえないもののなかにいる。

目の前にいる沙羅は、実体ではなく、偶像のように思えてきた。ここはどこなのだろうか。地球の一部なのか、それとも宇宙の果てか。この部屋の外に世界はあるのだろうか、それとも無限の闇《やみ》が広がっているのか。国語の時間で習った、近松門左衛門《ちかまつもんざえもん》の「虚実皮膜《きょじつひにく》」というのに近い気がする。

沙羅は言った。「では、いきます。時空の隙間にむりやりねじ込むので、めっちゃ痛いですけど、我慢してください」

「はい、ありがとうございました。このご恩は一生忘れません。あ、忘れるのか。忘れちゃうんで、もう一回言います。本当にありがとうございました」

「どういたしまして。今日が私の担当でラッキーでしたね。私の父だったら、あっさり地獄行きでしたよ。父は、あなたみたいなイケメン軟弱へなちょこボーイが、身の毛もよだつほど嫌いですから」

「今日が沙羅さんでよかったです。僕も、沙羅さんのお父さんみたいな人、苦手です。中学の体育の先生がそういう人で、めっちゃ目をつけられたんですよ。ナヨナヨするな、女の子か、しゃきっとしろって、竹刀《しない》の先っちょでつつかれて」

「顔が小動物的で、頼りないですからね。ちょっと化粧をしたら、女性に見えるような顔ですから」

「自分ではそのつもりはないんですけど、女ばかりの家庭で育ったせいか、そういう印象に見えてしまうみたいです」

「とはいえ、男らしいところもある。落ちてくる女性を、身をていして抱きとめるなんて普通はできない。反射的に体が逃げてしまうのが普通ですから」

「ほれた女のためなら、命も惜しくありません。こう見えても九州男児で、先祖は西南戦争を戦って敗れたラストサムライなんです」

「ぷっ」沙羅は、何がおもしろかったのか、吹きだして笑った。「では、さようなら。ちちんぷいぷい、相楽大地、地上に還れ」

沙羅は、エンターキーを押した。

4

——「どこに行ったんだよ、もう」

のどが渇いたので、校庭の水道で水を飲んだ。それから教室に行ったのかと思い、校舎のほうに歩いていった。

「ねえ、そこの君。ちょっとこっちに来て」

声のするほうを見ると、女性が立っていた。

一瞬、息を飲むような美少女だった。黒髪のショートカット。年齢は自分と同じか、やや上。完璧な顔立ちで、まるで神の設計図にしたがって、天才的な芸術家が作ったかのごとき美しさである。この学校の生徒ではない。制服を着ていないし、そもそもこんな美少女が学校にいたら、すでに大騒ぎになっているだろう。

「ほら、はやくこっちに来て」

「あ、はい」

その声には逆らいがたい威厳《いげん》があった。呼ばれるままにそっちに向かった。

「そっちの両端を持って」

少女は、赤い毛布のようなものを持っていた。サイズは甲子園の優勝旗くらい。毛布というか、形状はマントである。ドラキュラが背中にはおっているマントだ。しかし、なんというグロテスクな赤色。なめたら死ぬんじゃないかというくらい毒々しい赤である。他人の血液に触れるみたいで、正直、触りたくない。

「はやくそっちの両端を持って、ぴんと張って」

なぜか少女の命令に逆らえない。体が遺伝子レベルで、少女の命令に従うようにプログラムされているかのようだ。

赤いマントに触れた感触がなんとも言えなかった。布でもゴムでも金属でもない。硬いようで弾力があり、ぬめってもいるような。たとえるなら、エイリアンの肌。そのマントの両端を左右の手でつかんで広げた。少女も逆側の両端を広げて、マントはぴんと張った状態になった。

「さてと、上を見て」

「上?」

言われて、空を見上げた。すると、人が落ちてくる。制服を着た女子。

「え、え、なんで?」

「このマントで受けとめるから、しっかり握って。ぴんと張って」

「え、あ……、はい!」

「もうちょい、こっち」

二人で息を合わせて、落ちてくる人の落下点にピンポイントで入るべく、微調整で移動した。マントの両端をしっかり握った。

マントの中心に、それは落ちた。すると、まるでトランポリンのように、マントはそれを受けとめ、大きくはねあげた。ふたたび落ちてくるその体を、今度は優しく包み込んで受けとめた。一度はねあげたとき、体から何かが飛んだ。メガネだった。メガネは地面に落ちて、レンズが割れた。

数秒の出来事。考える間もなく、少女の指示で動いていた。

驚くべきは、このマントである。素材は不明だが、信じがたい強度と弾力性だ。ＮＡＳＡが開発したのだろうか。大地はしっかり握っていたが、落下してきた人を受けとめたときも、手にさほどの衝撃はなかった。

マントに包まれた制服姿の女子を見る。メガネをかけていない神里だった。神里は目を閉じて、失神していた。

「な、なんで神里が？　え、え、どうして？」

「地面に寝かせるよ」

少女の指示で、神里を地面にゆっくり置いた。少女はマントを抜き取った。

「じゃあ、あとよろしく」

「え、ちょっと」

「私のことは誰にも話さないように。話したら、地獄行きです。いいですね」

「は、はい……」

少女はマントを肩にひっかけて、早歩きで去っていった。残ったのは大地と、地面にあおむけに寝ている神里。

「ど、どういうこと？　……いや、おい、神里、大丈夫か。しっかりしろ」

神里は失神している。呼吸はあるし、見た目に外傷はないが、医者ではないので本当に大丈夫かは分からない。

念のため。大地は携帯電話を取りだし、一一九番通報をした。


神里は、到着した救急車に運ばれていった。

救急隊員によれば、ケガはなく、転落の恐怖で気を失っているだけだろうということだった。ただし念のため、病院に搬送された。救急車には、サイレン音で駆けつけてきた養護教諭が乗り、大地は学校に残った。

救急車が出たあと、大地は非常階段ルートを使って屋上にのぼった。

そこに鳴海がいた。

鳴海は腰を抜かした状態で、立ちあがることができず、這いつくばっていた。その姿を見たとき、天啓が下ったようにすべての謎が解けた。四つの疑問は、一本の糸でつながっていた。すべては鳴海の恋の暴走だったのだ。

大地は鳴海のもとに歩みよった。

「大丈夫。神里は生きてる。無事だよ」

そう言うと、鳴海は急に脱力して、気を失った。


神里は病院に着いてすぐ、目をさました。

異常はなく、即日退院となった。ただしその後、警察が介入する騒ぎとなった。特に鳴海は警察署に連れていかれた。とはいえ、刑事処分はなかった。突き落とされたのではなく、自分でバランスを失って転落したと神里が証言したこと。神里に被害感情はなく、ケガもなかったので、おとがめなしとなった。

聞いた話では、鳴海は津村のことだけでなく、両親の離婚のことでも精神的に追いつめられていたらしい。

転落事故の翌日、大地も警察から事情聴取を受けた。そして土日が明け、月曜になって登校したときには元の日常に戻っていた。

変わったことは一つ。鳴海が教室にいないこと。退学届は保護者の印がなかったので受理されなかったが、精神的に不安定なため、しばらく休学するとのこと。その後、津村との関係がどうなったのかは知らない。

もう一つ、屋上に出る非常階段ルートの鉄製ハシゴが撤去された。学校はこういうことだけはスピーディーに対応する。

そして昼休み。

教室で、大地と敦史と神里は集まってお昼ごはんを食べていた。まだ詳細を聞いていない敦史に、大地が説明した。

敦史はあっけに取られたような顔で聞いていた。

「そうだったのか」と敦史は言った。「だとしたら神里、ごめん。俺のせいだ」

「えっ」突然、謝られて、神里は驚いた顔をした。

「やっぱり敦史だったのか」と大地は言った。

神里は大地の顔を見た。意味が分からないらしい。

「だから、津村先生が学校をやめることになった原因だよ」

津村が学校をやめることになった原因。聞いた話によると、学校に匿名の密告があったらしい。津村と鳴海が不適切な関係にあると。

問題は、誰がそんな密告をしたのか。

鳴海は、それが神里だと思ったから絶交した。しかし神里ではない。では、誰か。状況から考えて、敦史の可能性がもっとも高いと思っていた。もしそうなら、めぐりめぐって神里がいじめられる原因を作ったのも敦史ということになる。

「ごめん、神里」敦史は頭を下げた。

「あ、いや……」

大地は言った。「まあ、いいじゃないか。結果オーライだ。ほら、国語の授業で習っただろ。塞翁《さいおう》が馬《うま》ってやつだよ」

そう、塞翁が馬なのだ。神里がいじめられることがなければ、今こうして大地と神里が一緒にごはんを食べていることもない。災《わざわ》い転じて福となす。大事なのは、ネガティブなことが起きても、希望を失わず、前向きに受けとめて、ポジティブなほうに転換する努力をすることだ。

敦史は言った。「でも、本当によかった。っていうか、死人が出ていないのが不思議なくらいだ。だって神里がいなければ、鳴海は自殺していたわけだし、それに大地がいなければ、神里は死んでいたわけだし。いや、それがそもそも奇跡なんだよ。なんで屋上から落ちた神里を、下でキャッチして無事でいられるんだよ。ほとんど漫画だぞ」

「………」

神里は、大地の顔をじっと見つめていた。

そう、ここがもっとも苦しいところなのだ。警察の事情聴取でもつつかれた。警察も、大地が嘘をついているのではないかと疑っていたようだ。

実際、嘘はついている。

奇跡のような美少女が現れて、落ちてきた神里を赤いマントで受けとめた。これが現実に起きたことだ。しかし、そんな説明で信じてもらえるとは思えなかったし、なにより「私のことは誰にも話さないように」と彼女が言っていた。命の恩人であり、約束は約束なので、大地は彼女のことを誰にも話していない。

結局、落ちてきた神里を両腕で抱きとめた、と説明した。もちろん、それはそれで信じがたい話である。スーパーマンじゃあるまいし、四十キロはある神里を抱きとめていたら圧死していただろう。しかしどうせ本当のことを言っても信じてもらえないなら、この嘘を断固、つき通すしかないと思った。

幸い、誰も見ていなかったし、当の神里は失神していた。

「いや、俺も信じがたいんだけどさ、でも神里が落ちてくるのが見えて、とっさにお姫様抱っこで受けとめたんだよ。そしたら、すぽっと腕におさまったんだ。いやあ、神里の体重が軽くて助かったぜ」

しかし、ここが究極の謎なのだ。

あの美少女は何者なのか。風のように現れ、神里を助けて、風のように去っていった。まさに神風としか言いようがない。

人智《じんち》のおよばない話である。しかし同時に、まったく覚えがないわけでもないのだ。どこかで会ったことがあるような気もした。しかしそれは普通の海馬の記憶ではない。夢とか、前世とか、そういう細胞レベルの記憶である。

あれからずっと彼女のことを考えている。でも、答えは出なかった。

たぶんあの美少女は、神の使者なのだ。神様が、行いのいい神里を助けるために遣わした天使なのだ。その証拠に、あの美貌は人間とは思えなかった。あれは女神である。いわば神の国の存在だ。

彼女のことは誰にも話していない。「話したら、地獄行きです」と彼女は言った。たぶん死後の世界はあるのだ。そして本当に地獄行きになる。彼女が「地獄行き」と言ったら、地獄行きなのだ。ふと想像して、ぞっとした。

細井のホームルームが終わった。

大地、敦史、神里の三人で教室を出て、玄関の靴箱まで歩いた。敦史は先に靴を履き、玄関から出ていった。

「俺は用があるから、先に帰るわ。じゃあな」

「ああ、じゃあ」と大地は言った。

「バイバイ」と神里も言った。

たぶん敦史なりに、大地と神里が二人きりになれるように気を使ったのだろう。

「神里、駅まで自転車で送っていってやるよ」

「うん」

自転車置き場まで、二人で並んで歩いた。大地は自転車を引いてきて、後ろに神里を乗せた。ペダルをこいで、二人乗りで走りだした。

「神里、そのメガネ、似合ってるな」

「うん、ありがとう」

あの転落事故で、神里のメガネが壊れた。鳴海の両親が、娘の自殺を止めてくれたことに感謝して、神里にメガネをプレゼントしてくれた。芸能人も愛用しているシャネルの最高級品らしい。今までかけていたメガネは神里に合っていなかったが、今のはぴったり合っている。

すっかり見ちがえていた。長すぎた前髪を切り、サイズの合っているメガネに替えた神里は、誰がどう見ても、きれいな女性になっていた。

話題が見つからず、無言のまま自転車を走らせた。駅に着きたくなかったので、わざとのろのろ走った。あらためて神里に告白しようかと思った。気が早すぎる気もしたが、物事には流れというものがある。この流れなら……。

ええい、心の迷いを振りはらった。いざとなれば九州男児。やるときはやるのだ。そして今はそのやるときだ。

「なあ、神里」

「ん?」

「あらためて言うけど、俺さ、本当に神里が好きなんだ。俺と付き合ってください」

「ごめんなさい」

「えっ、嘘? な、なんで?」

「ごめんなさい」

「……いや、でもこの流れだったら……、いや、そっか……」

後悔の二文字が押し寄せてくる。いろいろあったとはいえ、まだ話すようになって日が浅い。もっと段階を踏むべきだったかも、と思った。

「そうか。まあ、しょうがない。今のは聞かなかったことにして」

とだけ言った。しょげながら、自転車をこいでいると、
後ろから、くすくすと笑い声がしてくる。神里が声を嚙み殺したように笑っていた。

「ん、なに、どうしたの、神里」

「今のは冗談」

「えっ、冗談? なにが?」

「私でよければ、お願いします」

「えっ。ということは、俺と付き合ってもいいってこと?」

「うん」

「そっか。なんだ、冗談か。神里も冗談を言うんだな。そうか、よかった、よかった」

「でも、大地くん。私なんかでいいの？　大地くんなら、私よりも……」

「そんなことないよ。俺の中では、神里がナンバーワンで、オンリーワンなんだ。とにかくオーケーってことでいいな」

「うん」

「今度は冗談じゃないな」

「うん、冗談じゃない」

ほっとして、大地は笑った。ペダルをこぐ足が軽くなった。考えてみれば、神里が笑ったのも、冗談を言ったのもこれが初めてだ。

「よし、じゃあ、付き合いはじめた記念に、どこかに行こう。どこがいい？　お金ないから、お金がかかるところはダメだけど」

「……じゃあ、……鳴海ちゃんのところ」

「鳴海？　……ああ、そうか」

あらためて鳴海のことを考えてみる。

今回のことで、津村との関係はかなり知れ渡ってしまった。また、鳴海にしてみれば、勘違いで神里を恨み、その結果、神里はいじめられるようになった。あげく、屋上から転落させた。助かったからよかったものの、鳴海は神里に合わす顔がないだろう。このまま退学してしまう可能性もある。

「そうだな。じゃあ、鳴海の家に行ってみるか。鳴海は、こっちに合わす顔がないだろうから、こっちから会いに行ってやろう。こっちはべつに怒ってないし。そうすりゃ、また学校にも来やすいだろう」

「うん」

自転車の向きを変えた。鳴海の家の方向に走りだした。

「神里。これからは亜弥って呼んでいい？」

「うん、もちろん」

自転車のスピードを上げると、亜弥は大地の胴体に腕を回して、背中にしがみついてきた。神里の体温を感じて、大地の背中は少し熱くなった。

第3話

土橋昇 39歳
子会社社長

死因 渇《かつ》え死に

To a man who says"Who killed me",
she plays a game betting on life and death.

1

「結論を先に言う。野田《のだ》くん、君は解雇だ」

土橋昇《どばしのぼる》は、書斎の椅子に座り、手にした携帯電話に向かって言った。

「社長、待ってください」

野田が、涙まじりの鼻声で食いさがってくる。

「これは決定事項だ。人事課においても承認されている。来月末までで、君はうちの社員ではなくなる。ただし、今日から会社に来なくていい」

野田は五十歳。昇より十一歳年上の部下だ。年齢的には中堅だが、現在も肩書きのない平社員のまま。

本来、採用してはならない社員だった。とにかく頭が回らない。事務作業をさせても、自分で効率のいい方法を探せない。企画を考えさせても、すでに他社がやっていることをコピペするだけ。不注意なので、忘れる、遅れるといったミスを連発する。そのうえミスに気づいたとき、隠したり、人のせいにしたりする。

厄介なのは、これでも高学歴ということだ。家が金持ちで、優秀な家庭教師がついていたらしい。ただし昇はそれも怪しいと思っている。どこかの二世議員のように、裏口で入ったのではないか。私大にはそういうルートがいくつかある。

野田は先日、取引先を怒らせた。

トラブルとしてはよくあるミスだ。先方は、契約交渉のなかで野田にきちんと説明していた。しかし野田がそれを上司に伝えていなかった。結果、最終段階に入って、双方に食いちがいが生じた。そのとき野田が謝ればよかったのだが、先方のせいにしたため、言った言わないの話になってしまった。

契約は破談になった。損失額は少なくない。しかし昇はこれをチャンスととらえた。野田を追い出すいい機会だ。

「社長、私の話も聞いてください。そもそも向こうが——」

「その話はもういい」

「悪いのは向こうなんです。私は本当に聞いていませんでした。向こうが嘘をついて、私のせいにしているんです」

「この期《ご》におよんで相手のせいとはね。君の弁解や言い訳は聞き飽きたよ」

「私だって頑張ってきたんです」

「頑張っていないとは言っていない。ただ、その頑張りの結果、取引先との関係をぶち壊し、会社に損失を与えた。その責任を取ってもらうということだ」

「でも、いきなり解雇だなんて」

「いきなりではないよ。君がトラブルを起こすたびに、こちらは君に猛省をうながしてきた。しかし君は変わろうとしなかった」

「私だって会社に貢献したことがあったじゃないですか」

「いつかな。ちょっと記憶にないが」

「私にも妻や子供がいるんです」

「君に守らなければならない家族がいるように、私にも守らなければならない会社があるんだよ。社長である私がするべきことは、君のせいで発生した損失をどうやって穴埋めするか。そして二度とこのようなことが起きないように、会社に損失を与えかねない人間をすみやかに追い出すことだ。いずれにせよ、弁護士と相談したうえでなされた決定だ。不当解雇だと思うなら、裁判に訴えてくれていい」

「社長。すみませんでした。許してください。だからクビだけは——」

昇は電話を切った。野田の番号を着信拒否にした。口の中が苦かった。中年男の命乞いほど見苦しいものはない。

昇は書斎の窓際に立ち、外の景色をながめた。

山梨県南アルプス市の山あいにある別荘だ。書斎の窓から、白鳳《はくほう》渓谷の雄大な自然をのぞむことができる。

ひと息ついてから、リビングに戻った。

リビングのソファーには、妻の智代里《ちより》と、弁護士の岩永浩貴《いわながこうき》が並んで座っていた。テーブルには離婚届が置かれている。智代里の頬が少し赤らんでいた。昇が電話で席を外しているあいだ、二人でキスでもしていたのだろう。

「待たせて悪いな」

昇はポーカーフェイスのまま、対面のソファーに腰かけた。

妻とは結婚十二年目で、子供はいない。岩永は、昇の会社が契約している弁護士事務所の者で、仕事を通して知り合い、友人になった。岩永を自宅に連れてきて、妻に紹介したのは昇である。

いつから妻と関係を持つようになったのかは知らない。

発覚は一ヵ月前。出張で大阪に行く予定だったが、飛行機が欠航となり、自宅に帰ってみたら、妻と岩永が裸で抱きあっていた。昇は不思議と冷静でいられた。携帯を動画モードにして、不倫の証拠として二人の裸体を撮影した。岩永のそそり立っていた股間《こかん》が、塩をかけられたナメクジみたいにしぼんでいくさまが映っていた。

翌日、岩永と智代里が二人そろって、まずは謝罪と、そして妻と離婚してほしいという旨を伝えてきた。

岩永も既婚者だったが、先日離婚した。智代里と再婚するつもりらしい。この一ヵ月、みずから交渉役となって話を進めてきた。

岩永は言った。「じゃあ、話は戻るけど」

「もういいよ」と昇は言った。「その条件でいい。離婚届にサインしよう」

「本当か？」

「ああ」

智代里は、人を疑うような表情をした。この一ヵ月、昇はさんざんごねて、離婚交渉を先延ばしにしてきた。急に承諾したので驚いたのだろう。

「条件は一つ。財産分与はしない。同時に、慰謝料も発生しない。つまり金のやりとりはなし。それできれいに別れよう。いいな」

昇は、テーブルの上の離婚届に署名した。

結婚生活十二年。妻はずっと専業主婦だった。通常は離婚するとしても、十二年間で蓄えた財産の半分を、財産分与として受け取る権利がある。昇の年収は二千万円を超えるので、それなりの金額となるが、智代里は離婚の条件として、その権利を放棄した。そうまでして昇と別れたいようだ。離婚しても、弁護士の岩永と一緒になれるなら、経済的に苦しむことはないと判断してのことだろう。

昇は、最初からこの条件で離婚に応じるつもりだった。他人に寝取られた女と一緒に暮らせないのは、こちらも同じこと。ただ、時間を稼ぎたかった。しかるべき準備がととのったこのタイミングで、離婚に応じることにした。

離婚届に判を押して、岩永に手渡した。

「じゃあ、これを提出しておいてくれ」

「すまない、昇」岩永は頭を下げた。

「いいよ。こっちこそ一ヵ月もごねて、悪かったな」

「あの、昇……。あの動画は?」

「削除したよ。あのときは混乱していて、不倫の証拠をおさえなきゃと思って動画を撮影したけど、冷静に考えたら、元嫁のあんな姿を人に見られたら、俺だって笑いものだ。俺にも社長という立場があるからな」

「…………」

「離婚が成立した以上、保存しておく意味もないし、俺だってあんなもの二度と見たくない。だから削除した。俺の携帯、見るか?」

「……いや、信じるよ」

昇は智代里に顔を向けた。

「うちにある君の荷物はどうするんだ?」

「もうすべて持ちだしたわ」と智代里はそっけなく言った。

「そうか。準備がいいんだな。あの部屋は来月いっぱいで解約するから」

岩永は、律儀に誓約書まで用意してきた。岩永と智代里の不倫について口外しないことなどを約束させるものだ。昇はそれにもサインした。

「さあ、もう帰ってくれ。俺の久しぶりの休暇なんだ。君たちの顔を見て、無駄な時間は過ごしたくない」

「ああ、じゃあ、行くよ」岩永は席を立ち、頭を深々と下げた。「この通りだ、昇。本当にすまなかった」

智代里のほうは謝る気がないようだった。岩永との不倫が発覚するまえから、妻との関係は壊れていた。妻のプライベートを拘束し、時には暴力をふるう夫に対して、軽蔑の感情しかないようだ。

二人は出ていき、車で帰っていった。


昇は別荘のソファーで横になっていた。

社長になって初めて、十日間の長い夏休みを取った。

半年前に中古で購入した別荘。ゆっくり過ごそうと思っていた初日、岩永たちが押しかけてきて、野田から電話が来て、対応に追われているうちに、もう午後一時。何もする気が起きず、ソファーで眠っていた。

窓ガラスをノックする音で目がさめた。

庭に面した窓の向こうに、二人の青年が立っている。ノックしているのは雲竜院《うんりゅういん》秋《しゅう》輔《すけ》。人なつこい笑顔を浮かべて、外からなにか言っているが、遠くて聞こえない。

昇は起きて、窓を開けに行った。

「ごめん、昇さん。起こしちゃった？」と秋輔は笑った。

「いや、ちょっとうとうとしていただけだよ」

「玄関のベル、鳴らしたんだけど、誰も出てこなかったからさ」

「気づかなかった。なんか、疲れてんだろうな」

「地下室のシアターのリフォームは進んだ？」

「いや、ぜんぜん。午前中からバタバタしていて、そのうち眠っちゃったから」

「これ、お母さんから」

秋輔は紙袋を手渡してきた。なかに菓子折りが入っている。

「あ、こいつ、鈴木創一《すずきそういち》。このまえ話した大学の後輩」

隣にいる青年を紹介した。暗い印象の子だった。理系のインテリ風だが、服装も髪型も地味で、平均的な日本人の顔をしている。

「……します」

鈴木は頭を下げた。あいさつしたのだろうが、声が低くて聞き取れなかった。人見知りなのだろう。昇と目を合わせようともしない。

「こちらは土橋昇さん。俺の命の恩人」

秋輔は、鈴木に昇を紹介した。二人はリビングに入ってきて、背負っている大きなリュックを下ろした。

「もうこんな時間だ。急がないと。昇さん、シャワーだけ借りていい？」

「うん」

「行こうぜ、創一。おまえ、先に入っていいよ」

夏なので、二人とも汗をかいていた。二人は浴室に向かった。順番にシャワーをすませて、登山用の服に着がえていた。

「もう行くのか？」

「うん、日が暮れるまえに山頂に着いていないと危ないからね」

二人は必要な荷物だけつめて、リュックをかついだ。秋輔はテント一式を、鈴木のほうは重そうな機材を持っている。

「じゃあ、行ってきまーす」

二人は別荘を出ていった。同じ大学の、天体観測仲間だと聞いている。

この夏は、十五年ぶりに火星が地球に大接近しているらしい。そこで街明かりが少なく、空気がきれいな南アルプス市の山のてっぺんに登って、テントを張り、夜通し火星の写真を撮るということだった。ちょうど昇の別荘があるので、シャワーを借りたり、荷物を置かせてほしいと頼まれた。もちろん快諾した。

二人が並んで山のほうに歩いていく後ろ姿を、しばらくながめていた。ますます兄の勇《ゆう》介《すけ》に似てきたな、と思った。

雲竜院秋輔は、二十四歳。国立大学工学系の大学院生である。鈴木創一は研究室の後輩で、二十一歳だと聞いている。

雲竜院家は、グループ企業のオーナー一族として有名だ。もとは秋輔の曾祖父《そうそふ》が経営していた小さな洋菓子店。戦後はまだ珍しかった洋菓子を、いちはやく庶民の手の届く価格で売りだした。高度成長の波に乗って大企業に成長し、現在は金融、保険、外食、介護など、幅広く手がける複合企業になっている。長男が早くに亡くなったため、一人息子である秋輔が次期社長と見込まれている。

昇は、秋輔の「命の恩人」である。過去にある出来事で命を助けたことがあり、秋輔の母・映見子《えみこ》に気に入られた。

今の会社に就職したのも、映見子のコネである。大学卒業をひかえて内定をもらえずにいた昇の状況を聞き、それならと雲竜院グループの子会社に斡旋《あっせん》してくれた。そして十年が経ち、当時の社長が脳溢血《のういっけつ》で倒れたのを受け、「じゃあ、昇さんがやったら？」という鶴《つる》のひと声で社長に就任した。

社長になったものの、特にするべきことはない。

会社の取引の半分は、雲竜院グループ内のものだし、残りの半分も親会社の信用力で成りたっている。上の意向に逆らわず、優秀な部下にまかせていれば、現状維持のノルマは果たせる。

自分が社長の器でないことは自覚している。図に乗ってしゃしゃり出れば、無能をさらしてしまう。自分がすべきことは部下を励《はげ》まして頑張ってもらうことだけ。競争のない役所のような会社なので、それでやれてしまう。

昇としては、映見子と秋輔には頭が上がらない。まあ、向こうが「命の恩人」とあがめてくれるので、それに甘んじていればいい。こちらは謙虚にしているだけだ。

そう、あの出来事が昇の人生を変えた。

たいした努力もせず、手にした社長のポストと年収二千万。

昇はキッチンに行って、コーヒーを淹《い》れた。ソファーに座り、テレビを見た。それから地下室へと下りていく。

地下には、コンクリートで固められた十畳の部屋がある。

まえの別荘の持ち主がボディービルダーで、この地下室をトレーニングルームとして使用していた。この地下室を見て、昇は別荘の購入を決めた。ここを自分専用のシアターにしようと思ったのだ。

昇は映画が好きだった。大学も芸術大学映画学科に入っている。本当は映画監督になりたかったが、映画会社に就職できず、雲竜院グループの子会社に入った。でも、今でも映画への未練を断ちきれずにいる。

階段を下りて、地下室のドアを開けた。

日の光の入らない高気密な空間は、ひんやりしていて、ドアを閉じると外の音はいっさい聞こえない。窓はないが、通風孔はあるので空気は通る。四方をコンクリートに囲まれているせいで、宇宙船のような、あるいは秘密基地内に作られた核シェルターのような、日常とは切り離された空間に感じる。

別荘の購入にあわせて、映写機と巨大スクリーンを三百万円でそろえた。客席は一つだけ。イタリア製のＶＩＰ席。八十万円。

しかし、まだほとんど使っていない。名目社長とはいえ、会議や会合への出席などで忙しく、なかなか別荘に来られなかったからだ。せっかく十日間の休暇なので、少しリフォームしようかと思っていた。壁紙を張ったり、照明器具をつけかえたり。業者に頼むのではなく、自分でやろうと思っていた。

昇はＶＩＰ席に座った。なにから手をつけようか、と考えていた。


朝、起きたら九時半になっていた。

ベッドから起きだして、カーテンを開けた。昨日にひきつづき、晴天である。天体観測には最適で、秋輔には最高の夜になっただろう。

コーヒーを淹れていると、突然、携帯が鳴った。岩永からだった。

電話に出た。「もしもし」

岩永は言葉を発しなかった。怒りのまま、頭の整理をするまえに電話をかけてしまったのだろう。

「もしもし」昇はもう一度、言った。

「昇、裏で手を回しただろ?」

「は?」

「今日、事務所に行ったら、所長に呼びだされた。解雇を告げられたよ」

「ほう。そりゃどうして?」

「とぼけるな。おまえが裏で手を回したからだろ」

「なんだそれは。まるで陰謀でもくわだてたかのような言いぐさじゃないか。俺はただ、このまえ所長さんとお会いしたとき、弁護士のくせにクライアントの嫁に手を出すような男を雇っていて大丈夫ですかと聞いただけだ。そういう男を置いておいたら、コンプライアンス上、問題があると思ったから、所長さんの判断でそうしたんだろ。俺がおまえを解雇するように頼んだわけじゃない」

岩永が勤める弁護士事務所は、雲竜院グループがらみの仕事が多い。所長は、昇と雲竜院家の関係を知っている。雲竜院グループを敵に回すことはできない以上、岩永を切ることにしたようだ。

「約束がちがうだろ」と岩永は言った。

「約束って?」

「財産分与なし。それだけが条件だったはずだ。こんな卑怯なことをして——」

「卑怯という言葉を、君に言われるとは思わなかったよ。友人の出張中に、あそこをおっ立ててその嫁を抱きにくるような奴にね」

「あれは……」

「まあ、大丈夫だよ。これを機に独立すればいい。君ほどの能力があれば、充分やっていけるよ」

「そんなわけないだろ。弁護士なんて狭い世界だ。クライアントの嫁を寝取った弁護士として、評判はすぐに広まる。弁護士があまっている時代に、俺を雇ってくれる事務所なんてないし、独立したって顧客がつかない」

「それなら転職だな。なあ、もういいか。俺も忙しいんだ。離婚が成立した以上、おたくらとはもう関係ない。じゃあな」

「待て。あの動画はどうした? 本当に削除したのか?」

「これで痛み分けだ。下手なことはしないように。こちらには切り札がまだあるので。では、さようなら」

電話を切った。岩永の電話番号を着信拒否にした。

あのとき撮った動画は、別の記憶媒体に保存して、会社の金庫に入れてある。

休暇二日目。朝から岩永の声を聞いて、憂鬱《ゆううつ》になった。

顔を洗い、歯をみがいた。パジャマを脱いで部屋着に着がえたところで、秋輔と鈴木が山から下りてきた。

「ただいま」と秋輔は言った。

昇は玄関にむかえに出た。「おかえり。どうだった、火星は」

「バッチリ。写真も完璧に撮れた」

「写真、見れる？」

「フィルムで撮ったから今は無理だけど、現像したら見せてあげるよ」

「そうか。それは楽しみだな」

正直なところ、星に興味はなかった。ただ、秋輔に合わせてそう言った。

「お腹はすいてない？　なにか食べる？」

「いや、テントで食べてたから。それより眠い。二階で仮眠を取っていい？」

「じゃあ、布団を出しておくよ」

「そのまえにシャワーを浴びよう。創一、先に入っていいよ」

鈴木はうなずいて、一人で浴室に入っていった。あいかわらず暗い目をしている。明るい性格の秋輔と相性がいいようには見えないが。

昇は二階の客間に行って、布団を出して戻った。鈴木はまだシャワーを浴びていた。秋輔は冷蔵庫を開けて、ジュースを飲んでいた。

「昇さん」と秋輔は言った。

「ん?」

「俺、来年の春から、うちの会社に入ることになったよ」

「えっ……。ああ、そうなのか」

「うん」

秋輔は暗い表情でうなずいた。その意味を、昇も察した。

秋輔には宇宙飛行士になりたいという夢がある。少なくとも天体に関わる仕事に就きたいと。国立大の大学院にいるのだから、夢を現実化するだけの頭のよさもある。一方で、それを許さない雲竜院家の事情がある。

秋輔の父・和正《かずまさ》と兄・勇介は、二十二年前の船舶事故で亡くなっている。当時、和正が雲竜院グループのトップ。そのあとを勇介が継ぐのが既定路線だった。しかしその二人が同時に亡くなり、名誉会長として退いていた秋輔の祖父が社長に復帰した。そして、いずれ秋輔につなぐ予定となった。

その祖父も、もう八十代。なるべく早く秋輔に継がせたいのだが、当の秋輔は夢を捨てきれず、二十四歳の現在まで大学にいる。母の映見子は、秋輔に会社に入るように説得しているが、ずっと先送りされていた。

ついに会社に入る決断をしたということだ。つまり母の説得を受け入れ、雲竜院家に生まれた自分の宿命を受け入れる覚悟をした。言いかえれば、宇宙飛行士になるという夢は捨てたことになる。

「就職したら、すぐにアメリカだって。いきなり子会社の社長だよ。で、五年経験を積んで、三十になったらグループのトップだってさ」

「……そっか」

「あーあ、勇介兄さんが生きていればなあ」

勇介は、昇の同級生だった。秋輔にとっては十五歳も年の離れた兄にあたる。勇介が死んだとき、秋輔は二歳だったから、記憶はないはず。確かに勇介が生きていれば、次男の秋輔は自由に生きられたかもしれない。

「ねえ、昇さん。勇介兄さんって、どんな人だったの？」

「んー、そうだな。ひとことで言うと、いい奴だった。まじめで正義感があって、生まれついてのリーダーというかな」

「ふうん」

「それから天体観測が好きだった」

秋輔は微笑んだ。兄をほめられて、うれしかったのだろう。

もともと秋輔が天体観測に興味を持ったのは、兄の遺品として残っていた天体望遠鏡や天体図鑑がきっかけだった。

「兄さんは、雲竜院グループのトップに立つことに迷いはなかったのかなあ」

「なかったと思うよ。当然のこととして受けとめていたと思う。高校生のときに経営者の伝記みたいなものをよく読んでいたし。天体に関しては、趣味ではあったけど、秋輔くんほどはのめり込んでいなかったし」

少しほっとした。昇も、秋輔の進路は気になっていた。秋輔がグループのトップに立ってくれれば、昇の地位もより安泰になる。

「あーあ、創一がうらやましいよ」と秋輔は言った。

「あの子か。ぜんぜん口をきかない子」

「人見知りなんだよ。普段はそうでもないんだけど。でも、創一は頭いいんだよ。大学でも成績トップだし、英語もペラペラだし」

「へぇ」

「将来はJAXAに入って宇宙飛行士をめざすんじゃないかな」

鈴木がシャワーからあがって、洗面所から出てきた。

「あ、創一。二階のつきあたりの部屋に布団を出してあるから、先に寝てていいよ」

「……あ、はい」

鈴木はぼそっと言って、二階に上がっていった。

「じゃあ、俺もシャワーを浴びてくるね」

秋輔は洗面所へと入っていった。


二人は昼すぎまで仮眠を取った。

別荘のまえの持ち主がバーベキュー好きで、庭に小さな窯《かま》がある。その窯でピザを焼いたら、二人はぺろりと平らげた。

それから帰宅の準備をはじめた。天体望遠鏡などの機材をつめこんだ大きなリュックを二人は背負った。玄関まで見送りに出た。

「じゃあ、昇さん。またね」

「今度ゆっくり遊びに来るといいよ。俺がいないときでも自由に使っていいし」

「ホント？　じゃあ、今度はうちの研究室のみんなも連れてこよう。庭でバーベキューするのもいいね」

「ああ、バーベキューセットを用意しておくよ」

「ありがとう。じゃあ、行こう。バスの時間に遅れちゃう」

最後に鈴木がぽつり言った。「……ございました」

声が小さくて聞き取れなかったが、たぶん「ありがとうございました」と言ったのだろう。無愛想《ぶあいそう》だが、礼儀のない子ではない。

「お母さんによろしく伝えておいて」

「うん」秋輔はうなずいた。

そのとき、ピンポーンと玄関ベルが鳴った。秋輔が玄関のドアを開けると、そこに中年の男が立っていた。無精ひげを生《は》やしていて、髪が乱れている。スーツ姿だが、ネクタイはしていない。野田だった。

「社長！」

野田は叫び、秋輔と鈴木を押しのけて、玄関に入ってきた。肩がぶつかって秋輔がよろめいた。野田はいきなり土下座した。

「社長、私の話を聞いてください。誤解なんです。私は本当に聞いていなかったんです」

「おい、なにやってんだ、よせ」

「ご迷惑をおかけしたことは謝ります。でも私のせいじゃないんです。私ははめられたんです。奴らが私をおとしいれたんです。これは陰謀なんです。社長」

「こんなところでやめろ、野田。あとにしろ」

秋輔と鈴木は、ぽかんと口を開けていた。

「ごめん、秋輔くん。こいつはうちの部下なんだが、ヘマをして……。いや、秋輔くんには関係ないことだ。もう行っていいよ。バスに乗り遅れちゃうから」

「うん……」

秋輔は鈴木と目を見合わせ、玄関から出ていこうとする。

野田が言った。「あ、もしかして、おぼっちゃまですか？」

野田は、秋輔に顔を向けた。床にひざをつけたまま、秋輔の足元にすがりつくかのように、その足首をつかんだ。

「秋輔おぼっちゃまでいらっしゃいますよね。あの、私、野田といいます。雲竜院グループの子会社で働いている者です。おぼっちゃまも話を聞いてくださいませんか。あれは私のせいじゃないんです」

「やめろ、野田」

「おぼっちゃま。お願いです。私をクビにしないでください。私は二十八年間、雲竜院グループに尽くしてきたんです。だから――」

「いいかげんにしろ！」

昇は、秋輔の足元にへばりつく野田の胸ぐらをつかみ、引きずり起こした。秋輔から引き離し、壁に押しつけた。

「黙れ、野田。話は私が聞くから、秋輔くんから離れろ」

それから秋輔に顔を向けた。

「ごめん、秋輔くん。ケガはない？」

「うん。でも、昇さん、大丈夫？」

「ああ、大丈夫だ。ちょっと混乱しているだけ。もう行っていいよ」

「うん……、じゃあ」

野田から引き離したすきに、秋輔と鈴木は外に出た。玄関ドアが閉められた。

昇は怒りのまま、つかんだ野田の胸ぐらを吊りあげた。野田は首を絞められるかたちになって、苦しげにもがいた。

「社長、お願いです。私を助けてください」

野田は涙目である。今度は泣き落としにきた。

「解雇はもう決まったことだ。法的には解決ずみ。条件だって悪くなかっただろ。こっちとしては折れてやった結果だ」

野田は泣きじゃくっていた。入社したのはバブル期。高学歴のおかげで、本社採用された。しかし左遷に左遷をかさねて、最終的に昇の子会社に流れついた。もう五十歳。次がないことは自覚しているのだろう。

だからといって同情はしなかった。それどころか、怒りがおさまらない。なにより秋輔の前で恥をかかされたことが許せなかった。

「おまえ、五十にもなって土下座なんて、恥ずかしくないのか。根性もプライドもない。

そういうところがダメなんだよ」

「社長……」野田は、昇にすがりついてくる。

「放せ。気持ちわるい」

我慢しきれず、野田の胸を突き飛ばした。野田は背中を壁にぶつけて、床に尻もちをついた。そのまま、うつむいていた。

しかし、処置に困った。警察沙汰《ざた》は困る。かといってこのまま帰して、親会社や秋輔の自宅に行かれたら最悪だ。

「ちょっとそこで待ってろ」

リビングに戻って、携帯を手に取った。会社の部下に連絡を取り、状況を説明して、すぐにこっちに来てどうにかしろ、と命令した。

二時間後、部長職の男が来て、野田を説得して車で連れて帰った。

解雇交渉はやりなおしになる。解雇の方針は変わらないが、もう少し野田寄りに条件修正していいと命じた。譲歩するのは腹立たしいけれど、廃棄物処理にもコストがかかるものとして納得するしかない。

バタバタしているうちに日が暮れていた。休暇二日目も無意味につぶれた。

テレビを見ていたら、もう夜だった。夕飯は適当にパスタを食べて、また、なんとなくテレビを見て過ごした。

自分の能力が低いのは分かっている。たかが野田一人、始末できなくて、部下を呼びつけてどうにかしてもらう。こういうことは幾度もあった。基本的に仕事は部下まかせ。会議ではうんうんとうなずいて、決裁の判子を押すだけの、お飾りの社長にすぎない。部下に軽視されているのは感じている。コネでならせてもらった社長だ。経営のことはよく分からないし、勉強もしてこなかった。

夜十時になっていた。

網戸から涼しい風が入ってくる。また、ため息をついていた。

席を立ち、地下に下りていった。地下室のドアを開き、明かりをつけた。

自分専用のシアター。

VIP席に腰かけて、何も映していないスクリーンに顔を向けた。

この部屋が好きだった。四方をコンクリートに囲まれ、外の音が遮断されて、現実世界から隔絶《かくぜつ》している感じがよかった。

リフォームは明日からやろう。思いきり金をかけて、この部屋だけ豪華にしてみるのもいい。映画のパンフレットや宣伝ポスターのコレクションを飾る棚を置くのもいい。空気清浄機も購入しようか。甲府《こうふ》まで行けば、大型の家具店やホームセンターがある。明日にでも行ってみよう。

考えていると、
突然、明かりが消えた。

真っ暗闇になり、何も見えなくなった。停電かと思った。しかし、なぜ？　発電所にカミナリでも落ちたのか。

昇は席を立ち、真っ暗闇のなか、手探りで歩いた。近くの壁まで行き、壁に手を当てながら、ドアのあるところまで歩いた。

ドアノブを握った。回して、奥に押しだそうとする。

だが、ドアが開かなかった。

このドアに鍵はついていない。ドアノブは回る。しかしいくら押しても、ドアは開かない。ドアの向こうで何かがつかえているようだ。

何度やっても同じ。ドアは一ミリも動かない。

「なぜ？」

声に出してつぶやいた。声は、暗闇のなかを反響しながら広がった。

「……閉じ込められた？」

置かれた状況を理解するのに、少し時間がかかった。

地下室は、真っ暗闇だった。照明のスイッチを何度押しても、明かりはつかない。その他、すべての電化製品に電源が入らない。コンセントに電気が来ていないのだろう。つまり電源を断たれたということだ。

一寸の光も射《さ》しこまない洞穴と同じ。わずかな光さえないので、暗闇に目が慣れることもない。この地下室では圏外となるため、携帯電話も持ってきていなかった。リビングのテーブルに置きっぱなしのままだ。

目をつぶっているのと同じ状況である。昇はＶＩＰ席に座っていた。ゆったりした背もたれに背中をあずけて、天井を見上げていた。

どうやら、俺は殺されるらしい。

そうとしか考えられない。犯人は、つっかえ棒かなにかで地下室のドアを外側から封じた。しかるのちに地下室の電源をすべて落とした。

脱出方法はゼロ。

唯一の出入り口であるドアをふさがれた以上、脱出は不可能だ。四方はコンクリートの壁であり、ドアは金属製である。ましてや真っ暗闇の状況では何もできない。大声で叫んでも意味があるようには思えなかった。もっとも近い民家でも百メートルは離れている。地下室から叫んで、そこまで声が届くとは思えない。

完全なる暗闇の密室。

だんだん蒸し暑くなってきた。室内の二酸化炭素濃度が上がっているのだろう。気のせいかもしれないが、空気が薄くなってきたようにも感じた。通風孔から空気は入っているはずだが。

背中に汗をかいていた。暑さと緊張で。

のどの渇きを感じた。しかしここには水も食料もない。

問題は、昇が十日間の休暇中ということだ。今日が二日目の夜。つまり、あと八日は連絡が取れなくても誰も心配しない。

昇は両親とは疎遠だし、友だちも特にいない。会社の部下には休日を別荘で過ごすとは伝えてあるが、よほどのことがないかぎり、連絡してこないだろう。仮に電話をかけてきても、リビングに置いてきた携帯には出られない。

夏休みが終わっても昇と連絡が取れなければ、さすがに会社の人間が別荘に様子を見にくるだろう。しかしそのときにはまず死んでいる。水も食料もないこの地下室で、八日間も生きのびられる可能性はゼロだ。

人間は二週間ほどなら、何も食べなくても、たくわえた脂肪をエネルギーにかえて生きられると聞いたことがある。しかし水なしでは三日しかもたない。人間は水を飲んで、尿を出す。そのとき尿と一緒に、体内の毒素成分も外に排出するというメカニズムを持っている。しかし水を飲まなければ、尿も出ないわけで、すると毒素成分が体内にたまって中毒を起こす。この理解で正しいのかはよく分からないが、とにかく水なしでは三日くらいしか生きられないらしい。

　ましてや閉じ込められてまだ二時間ほどなのに、部屋は蒸し暑くなり、汗をじっとりかいている。暑さ以上に恐怖のせいで、のどの渇きをおぼえている。水がないことを意識すればするほど、強く感じる。

　昇は席を立ち、暗闇のなか、壁に手をあてながらドアまで歩いた。ドアノブを回し、ドアを押した。だが、びくともしない。昇は、壁づたいに椅子まで戻った。この意味のない動作を、何度もくりかえしている。

　体がぐったりしてきた。一種の拷問である。人間は希望を奪われると、こんなにも脱力するものなのかと思った。

　犯人は誰か？

　犯人は、昇が地下室に入ったのを見て、外側からドアをふさいだ。あとは数日待つだけで、昇は死ぬ。犯人はみずからの手を汚すことなく、自分の姿をさらすこともなく、殺人を遂げることができる。

　犯行自体は誰でも可能だ。家の戸締まりはしていなかったので、簡単に侵入できる。あとは殺す動機があり、昇が十日間の夏休み中で、この別荘に地下室があることを知っている者なら、誰でも計画できる。地下室にシアターを造っていることは、昇はあちこちで話しているので、知っている人は少なくない。

犯人はたぶん身近にいる人間だ。

最初に疑ったのは、智代里である。離婚届は書いて渡してあるが、まだ役所には提出していないのかもしれない。とすると、まだ妻のままだ。昇が死ねば、財産は智代里のものになる。動機としては一番ありうる。また、地下室に閉じ込めて餓死させるという殺害方法自体、腕力のない女だからこそ出てくる発想のように思えた。

もちろん岩永の可能性もある。二人が共犯という可能性も高い。

それから野田だ。野田は戻ってきたのかもしれない。そしてこの別荘に勝手に侵入し、昇が地下室にいることを知って、衝動的に閉じ込めた。

いずれにせよ、犯人を特定する決定打はない。これは推理ではなく、ただ自分を殺す動機のある人間を列挙しているだけだ。直近で恨まれているのがこの三人というだけで、他の可能性もありうる。

いや、犯人探しはあとでいい。今はどうやってここを脱出するか、だ。

ふいに目がさめる。

椅子に座ったまま、いつしか眠っていた。だが目を開けても、目を閉じていたときと同じ暗闇。どれくらい眠っていたのかも分からない。もう日が出ていてもおかしくない時刻のはずだが、地下室には一寸の光も射さない。

寝るまえに、脱出のためにできることはすべて試みた。

まずは全力で体当たりして、ドアを破壊しようとした。だが、ドアは金属製である。三度トライして、肩を痛めただけに終わった。

次に、部屋に工具のようなものがないか探してみた。しかしこの部屋には映画に関するものしか置いていない。映写機、巨大スクリーン、スピーカー、それとＶＩＰ席。あとは棚にＤＶＤやＣＤ、エアコン、ミニコンポがあるだけ。ドアを破壊するための工具として使えそうなものはなかった。脱出が不可能なら、なんとか外部と連絡を取るしかないが、この状況では大声を上げることしかできない。

なにより厄介なのは、この暗闇だった。室内を歩くだけでも骨が折れる。油断していると、今どこにいるのかも分からなくなる。

現状、外にいる人間が、偶然、自分に気づいてくれるのを祈るしかない。秋輔か、会社の部下に急用ができて、電話をしても連絡がつかないので、別荘に様子を見に来てくれることくらいしか生還の芽はない。

すべて徒労に終わって、椅子に戻った。いつしか眠っていた。

いったい今、何時なのだろう。

自分の感覚では半日ほどだ。だが、それも分からない。この暗闇がすべての感覚を狂わせる。ただ言えることは、すでに肉体はかなり消耗しているということだ。頭も体もふらふらしてきた。のどの渇きがひどい。

汗をかかなくなってきた。体内の水分量が減っているので、汗として放出することをセーブしているのだろう。そのぶん体内に熱がこもってくる。室温も上がっている。このまだと熱中症で死ぬ恐れもある。

体を動かすのがおっくうだ。血液がどろどろしている。思考力も落ちてきた。

水を飲みたい。時刻を知りたい。

この二つのことしか考えられなくなってきた。

いま何時なのだろう。こうなってどれだけの時間が過ぎているのか。どうでもいいことのように思えるが、切実に知りたかった。時刻が分からないということが、人間をこれほど不安にさせるものだとは思わなかった。

ここから脱出することはあきらめた。なにせ相手は石の壁と金属のドア。そのうえ暗闇に目を奪われている。

犯人は誰か？　ずっとそればかり考えている。

犯人が分かっているなら、とがった何かでコンクリートの壁にその名前を刻んでおくこともできる。しかしそのまえに犯人が分からない。疑わしい人物の名前を挙げておくことはできるが、意味があるとは思えない。警察が捜査すれば、直近でトラブルがあった三人はすぐに浮上するだろう。ダイイングメッセージを残すなら、犯人の名前とその根拠を明記しなければ意味がない。

犯人は昇を殺したあと、どうするつもりなのか。

このままいけば、数日以内に昇は死ぬ。犯人はドアを開けて地下室に入る。休暇が明けるまでは、まだ時間がある。昇がダイイングメッセージを残したとしても、そこに自分の名前が書かれていたら、犯人は隠滅するだろう。そのあとで事故死に見せかけるか、死体をどこかに埋めてしまう。別荘の周辺には死体を埋められる場所はいくらでもある。死体が見つからなければ、警察は捜査さえしないかもしれない。

いずれにせよ、昇がダイイングメッセージを残すかもしれないいくらいのことは、犯人は想定ずみだろう。だからこそ犯人は、誰に殺されたのか、昇自身にも分からない状況を作ったのだ。また、殺したあと、時間もあることだから、ダイイングメッセージを隠滅するなり、いくらでも対処することが可能だ。

ふと思った。

だとしたら昇が死んで、犯人がこの地下室に入ったとき、一見して犯人が気づかないようなダイイングメッセージを残したらどうか。

犯人は不明だが、少なくとも他殺であるというメッセージを残すことには意味がある。犯人が事故死に見せかける可能性もあるからだ。警察が殺人事件として捜査すれば、犯人を逮捕してくれるかもしれない。

たとえばだが、自分の爪で服の下の腹部を引っかいて、「俺は殺された」と傷跡の文字を残しておくとか。犯人が服の下の文字に気づかなければ、ダイイングメッセージはスルーされる。死体が発見され、検視が行われれば、警察はこの傷跡の文字を読んで、他殺と判断するだろう。

いや、待てよ。もしかしたらこの地下室には、どこかに暗視用の隠しカメラが設置されていて、犯人は昇のことを監視しているのかもしれない。その可能性は高い。犯人からすれば、昇が死ぬまでのあいだ、地下室で何をやっていたか、どんなダイイングメッセージを残したかは気になるはずだからだ。

その可能性に気づき、席を立って隠しカメラを探した。だが、特に音はない。そもそも暗闇なので探しようがない。

面倒くさくなって、席に戻った。もう体を動かす気力さえ失われている。

どちらにしても犯人には時間があるのだ。隠しカメラで見ているなら、何をしたところで犯人には筒抜けだ。事故死に見せかけるにせよ、死体を山に埋めて失踪《しっそう》に見せかけるにせよ、やりようはいくらでもある。

ダイイングメッセージを残して、他殺であることを警察に伝えたところで、犯人が捕まる可能性は低い。犯人がやったことは、昇の前に姿を現すことなく、ドアを封鎖し、地下室のブレーカーを落としただけ。証拠らしい証拠は残していない。警察だって犯行の立証などしようもないはずだ。


……うまく考えられなくなってきた。

なにやってんだろ、俺。

体だけでなく、脳にも力が入らない。俺は今、正常な精神を保てているのだろうか。

のどが渇く。水を飲みたい。

今、何時なんだ？　ここに閉じ込められて、どれだけ時間が経ったのか。

光がほしい。どうか、この暗闇から俺を解放してくれ。


ふいに目がさめる。

また眠っていた。床にあおむけで横たわっていた。

死んだふりをしていたのを思い出した。

もし犯人が暗視用の隠しカメラで地下室内をのぞいているなら、昇が死んだと思って、ドアを開けて入ってくるかもしれないと思った。だが、しばらく倒れていたが、何も起きなかった。そのうち眠ってしまった。

死んだふりをやめ、暗闇のなか、手探りで椅子を探した。椅子に腰かけた。

なんだか、すべてがバカらしくなってきた。

のどが渇いた。水を飲みたい。

体がだるい。考えることも動くことも、すべてがおっくうだ。筋肉が、内臓が、皮膚がかさかさになっている。舌が乾燥して、ボロぞうきんのようになっている。もう何も考えられない。何もしたくない。

ダイイングメッセージを残すのもやめた。そういうことをする気力が失われた。

いよいよ死ぬんだ、と思った。

もういつ死んでもおかしくない。いっそ、ひと思いに殺してくれ。

この状態があとどれくらい続くのだろう。

まだ一日しか経っていない可能性もある。三日で死ぬとして、まだ折り返し地点にも来ていないのだと思ったら、ぞっとした。

水がほしい。

俺の人生、いったいなんだったのだろう。

自分の力で手に入れたものは何もない。秋輔の「命の恩人」と勘違いした映見子が与えてくれたものだけ。そして、その社長の地位にひかれて近づいてきた女と結婚したが、その女も去っていった。

他に、俺の人生に何があっただろう。喜びも感動もない人生だった。

俺はあのとき、死んだのかもしれない。

罪の意識はあった。すべてを告白して、楽になれるならそうしたかった。でも、言えなかった。言えば、すべてを失うことになるから。黙っていれば、真実がバレることはないと分かっていたから。

あれからすべてのことに無感動になり、無気力になった。

あのとき死んでいればよかった。

そうすれば土橋昇などという無価値な人間はこの世から消え去り、今ごろは生まれ変わって、もっと意味のある、中身のある人生を送れていたかもしれない。まあ、生まれ変わりなんてものがあるのかは分からないけれど。

水がほしい。

あらためて思い出した。水を飲めないのがどれだけ苦しいことか。

勇介もこんな状態で死んでいったのかもしれない。

この苦しさが、あとどれくらい続くのだろう。

死の恐怖は、不思議なほどなかった。むしろ楽に死ねないことが怖かった。

水……。水をくれ……。

はやく死にたい……。はやく殺してくれ。

「昇」

ふと、どこかから声がした。

「昇、聞こえるか？」ふたたび声がする。

耳の鼓膜を揺らしているというより、体内に響きわたってくるような声だ。

「昇、俺だよ。聞こえるか？　昇」

また、あの声。男の声だ。

「なんだ、幻聴か？　ついに幻聴が聞こえてきたのか？」

昇はひとりごとを言った。声がかすれていた。

「幻聴じゃないよ。俺だよ、昇」

「えっ」

「俺だよ、俺。分かるだろ、昇」

「……だ、誰？」

「俺だよ。勇介だよ」と声は言った。

「勇介？　まさか」

「本当だよ。勇介だ。二十二年前、おまえに殺された勇介だよ」

「……そんな、まさか」

——二十二年前。

高二の春、勇介と知り合った。

同じクラスになったのがきっかけだった。しかし、それ以前から存在は知っていた。雲竜院家の御曹司として学校で有名だったからだ。

勇介はいい奴だった。金持ちだからといってうぬぼれたり、のさばったりしない。親の力を自分の力と勘違いしたところはなかった。謙虚というより、傲慢《ごうまん》に見られないように細心の注意を払っている感じで、むしろ雲竜院家の御曹司という接し方をされるのを極端に嫌っていた。

クラスになじめていなかった昇に、世話好きの勇介が声をかけてくるようになった。不思議と気は合った。勇介は大人に囲まれて育ったせいか、考え方がませていたし、昇も同級生よりは精神年齢が高かったかもしれない。

あるとき勇介は言った。

「昇は、俺に対しておぼっちゃまとして接してこなかったから」

勇介のまわりには、ぺこぺこしてくる人間しかいなかったのだろう。対等に接してくる昇のような人間はめずらしかったのかもしれない。確かに変にこびを売るような真似はしなかった。とはいえ、多少なりとも雲竜院家の御曹司と親しくなっておけば、あとあと得かもしれないという打算はあった。

当時、勇介とどんな会話をしていたのか、よく覚えていない。勇介はその夏に死んでしまい、ほんの数ヵ月の付き合いでしかなかったからだ。

八月のことだった。

夏休み期間中、勇介から電話がかかってきた。勇介の父・和正が自前のクルーザーに乗って夜釣りに出る。おまえも来ないかと。

勇介の父といえば、雲竜院グループのトップである。釣りが趣味で、クルーザーを所有しているという話は聞いていた。

昇は誘いに乗った。普通の高校生なみに、クルーザーに乗ってみたかった。

その日、夕方に集まって、車で横浜《よこはま》にあるクルーザー停泊所まで行った。乗るのは和正と、その友人の田口《たぐち》、勇介、昇、そして当時二歳だった秋輔の五人。勇介に十五歳も年の離れた弟がいることは、このとき初めて知った。母の映見子はいなかった。船酔いがひどく、船は苦手らしい。

和正は、勇介と異なり、財力をひけらかすタイプだった。恰幅《かっぷく》がよく、豪快に金を使う道楽者という印象。田口は、和正の友人という話だったが、つねにぺこぺこしていて取り巻きにしか見えなかった。

勇介は天体望遠鏡を持ってきていた。祖父に買ってもらったという。天体に興味があることは以前から聞いていた。

五人でクルーザーに乗り、沖に出た。操縦するのは和正である。秋輔は船酔いもせず、よちよち歩きで動きまわっていたのをよく覚えている。

一時間ほど走っただろうか。周囲に船がなくなったところで、勇介や昇もクルーザーを操縦させてもらった。船舶免許がなくても、免許を持った人の指導があれば操縦していいのだという。勇介は基本的な操作はマスターしていた。昇も操縦席に座った。ゆっくり走らせるだけなら、べつに難しくなかった。

やがて日も暮れた。

ライトで照らして、和正と田口は釣りをはじめた。魚群探知機を見て、こまめにポイントを変えながら、一本釣りをしていた。勇介は天体観測をはじめた。沖に出ると、街からの光がなくなり、夜空がよく見える。昇も望遠鏡をのぞかせてもらったが、ちかちかと光るものが見えるだけで、よく分からなかった。

いきおい、秋輔の面倒は昇の係になった。

それが勇介の狙いだったようだ。和正と田口は釣り、勇介は天体観測。秋輔は家に置いていく予定だったが、「僕も行きたい」と当然ごねる。しかし映見子は船が苦手。ちょうどいい。昇を誘って秋輔の面倒を見させようと。

秋輔はよくしゃべった。「おかし食べたい」とか、「ジュースちょうだい」とか、簡単な言葉だけだが。一メートルにも満たない小さな体なのに、とにかくよく動くので、いっときも目を離せない。

時刻は午後八時を過ぎていた。

クルーザーの周辺はライトで明るいが、その奥はほぼ闇だった。陸のほうは街明かりが灯《とも》っているが、太平洋側は真っ黒。漆黒の闇が広がっていて、陸にいるときには感じたことのない恐怖をおぼえた。

田口が、釣ったばかりの魚を刺身にして食べさせてくれた。和正は缶ビールを飲んでいた。飲酒運転にならないかと思ったが、ほろ酔い程度だったので特に気にしなかった。和正と田口は魚群に当たったらしく、次々と魚を釣りあげていく。勇介は、買ってもらったばかりの天体望遠鏡の扱いに悪戦苦闘していた。

昇は、秋輔の面倒をずっと見ていた。ゆらゆら揺れる船上を、あちこち動きまわるので危なっかしい。かといって捕まえると、嫌がって手足をばたばたさせる。他人の家の子を叱《しか》るわけにもいかず、ある程度は好きにさせておいた。

だんだん秋輔がハイテンションになってきた。もはや暴《あば》れまわっている。デッキにいると危ないので、船室に入れた。

昇はソファーに座り、ひと息ついた。秋輔は船内の探検をしていたが、室内なので平気だろうと思い、放っておいた。

しばらく目を離していたら、秋輔はいつのまにか操縦席にいた。椅子の上に立ち、ハンドルを握って操縦ごっこをしている。ただ、二歳児の身長では、椅子に座るとハンドルに手が届かず、逆に椅子の上に立つとすごく不安定な姿勢になる。危険だと思い、昇はまず自分が操縦席に座り、それから秋輔をひざの上に乗せた。それでちょうどいい高さになった。秋輔は座ってハンドルを握った。

エンジンは停止してあるものと思っていた。だから秋輔にハンドルを握らせても大丈夫だと思っていたのだ。

秋輔をひざに乗せたまま、好きにさせていた。秋輔はハンドルを右に動かし、左に動かし、ブーブーと口でエンジン音を鳴らして、操縦しているつもりになっていた。秋輔がやっと座った状態でいてくれたので安心した。

昇は少し船酔いもあって、眠くなっていた。秋輔をひざに乗せたまま、目を閉じた。軽く居眠りしてしまった。

だから秋輔がどこをどういじったのかは分からない。

突然だった。

ガタンと衝撃があって、目がさめた。次の瞬間、船体がつんのめったように大きく揺れた。クルーザーはものすごい勢いで加速しはじめた。

クルーザーは急加速すると同時に、右に曲がりはじめた。たぶん秋輔がハンドルを右に傾けていたのだろう。クルーザーが右にカーブすることによって、昇の体も右に傾いた。ひざに乗っている秋輔も右に傾く。秋輔はしっかりハンドルを握っているので、ハンドルはさらに右に切られた。クルーザーは大きく右に旋回していく。急加速に急カーブが重なったため、船体はありえない角度に傾いた。

その間、ほんの数秒である。

ほとんど操縦席からずり落ちるほどになった。とにかく減速しようと思った。まずは秋輔の腕を引っぱって、ハンドルから手を離させた。

その瞬間、船体が激しく揺れた。

昇は目をつぶった。振動が止まり、ふたたび目を開けたときには、クルーザーは横に傾き、舳先《へさき》側から沈みかけていた。昇は秋輔を抱きあげた。傾いていく船体のなかを転がりながら、デッキに飛び出した。

船上はパニックになっていた。和正が海に向かって大声で叫んでいる。田口が海に落ちたらしい。だが海面は真っ暗で、何も見えなかった。勇介は腰が抜けたようにひっくり返り、船体にしがみついている。

クルーザーはどんどん沈み込んでいった。

「勇介、ボートを下ろせ」

オレンジ色のゴムボートが、空気の入った状態で船体にくくりつけられていた。勇介はその声に反応して立ちあがり、和正と協力してロープを外し、ボートを海に向かって投げ落とした。

「はやく乗れ」と和正が叫ぶ。

まず、勇介がボートに飛びおりた。

「秋輔を、はやく」

勇介が昇に向かって叫び、両手を広げた。

昇は、抱きかかえていた秋輔を、ボート上の勇介に手渡した。それから昇もジャンプしてボートに飛びおりた。

続いて、和正が飛びおりようとしたが、急激にクルーザーが傾いた。和正は転倒して、デッキに転がった。ボートに乗っていた昇の位置からは、和正の姿は見えなくなった。あとはクルーザーが海中に沈んでいくのをただ見ているしかなかった。「ああ……」という和正の断末魔《だんまつま》だけが聞こえた。

クルーザーが完全に沈むと、その水の波紋に押し流されて、ボートは水没地点からたちまち離れていった。クルーザーに設置されていたライトもなくなったため、あたりは一気に真っ暗になった。

「お父さん、お父さん」勇介は狂ったように叫んでいた。

クルーザーの急発進から沈没まで、数分の出来事だった。三人は無言のまま、クルーザーが沈んだ場所を見つめていた。

「昇、おまえ、なにしたんだよ」と勇介が言った。

「いや、俺はなにも……」

「おまえ、操縦席にいただろ。そこでなにしてたんだよ」

「…………」

「なにしてたのかって聞いてんだよ」

「…………」

二十二年前のこと、高校生の二人は携帯電話を持っていなかった。もちろん救難信号も出していない。いずれにせよ、救命胴衣を身につけていなかった和正と田口が死んだことは確かだった。

この時点で、自分たちが漂流しているという認識はなかった。

近くに救助を要請できる船はなかったが、ゴムボートにはオールが一本ついていた。本来は二本ついているはずだが、ドタバタで一本は落としてしまったのだろう。それでも陸地はほのかに灯って見えているし、距離はあるものの、光のほうに漕いでいけばたどり着けるだろうと思っていた。

勇介はずっと父と田口を探していた。やがてそれもあきらめ、無言でオールを持ち、陸地に向かって漕ぎだした。

しかしオールは意味がなかった。潮の流れにまったく勝てない。勇介と昇で交代しながらオールを漕いだが、漕いでも漕いでも波に押し流され、陸地から離れていく。それでも陸地が見えているかぎりは必死で漕いだ。

やがてそれも見えなくなった。くたびれて、漕ぐのはやめていた。横になっているうちに眠っていた。

日がのぼって目覚めたときには、広い海にぽつんと、三人を乗せたボートが浮かんでいるという状態だった。太陽の位置で方角が分かるだけで、地図でいうとどのあたりなのかも分からない。ボートは完全に漂流していた。

これは生還したあとで知った話だが、肉眼で水平線上に見えるものの限界は約四キロ先までだという。つまりそのボートから半径四キロ以内には何もなかった。洋上にぽつんとボートだけが浮かんでいる。

勇介と秋輔は眠っていた。秋輔は、勇介にひざ枕してもらっていた。あえて起こさなかった。起こす気にならなかった。

やがて勇介が目をさました。そして周囲を見渡して、絶望的な表情を浮かべた。目を見合わせたが、おたがい言葉は出なかった。

九時ごろになり、勇介がまた昇を責めはじめた。

「昇、なんてことしてくれたんだよ」

「…………」

「おまえのせいだぞ。親父《おやじ》が死んでたら、どうすんだ？　なあ、なんとか言えよ」

「…………」

「親父が死んだら、おまえを訴えてやるからな」

勇介は少し錯乱状態だった。同じようなことをずっと言っていた。なにか声に出して誰かを罵倒していないと、気が変になってしまいそうだったのかもしれない。昇はまだ冷静だった。無視して聞き流した。

ボートは潮に流され、勝手に移動していく。たまに遠くのほうに飛行機や大型船が通るのだが、気づいてくれる気配はなかった。

食料はなかった。だが勇介は、飲みかけのコーラを一本持っていた。五百ミリリットルのペットボトルで、三分の二ほど残っていた。それを自分では飲まず、少しずつ秋輔に飲ませていた。

気になるのは、秋輔の容態だった。二歳児の体力はすでに限界に近づいていた。動きもせず、青白い顔のまま、勇介のひざの上にぐったり身を横たえているだけ。だが勇介がコーラを飲ませると、それだけはちゃんと飲んだ。

幸い、その日はそれほど気温が高くなかった。夜はむしろ肌寒いほど。遭難するまえに水分はとっていたので、昇はのどの渇きを感じなかった。

しかしそれも昼までだった。太陽がのぼってからは、直射日光が容赦なく照りつけた。勇介は自分の体を盾にして、秋輔に日陰を作っていた。気温が上がり、それに比例して、のども渇きはじめた。

「昇、海水は絶対に飲むなよ」と勇介は言った。

勇介が言うには、海水を飲むと、血中の塩分濃度が上がってしまう。通常であれば、体はよぶんな塩分を尿と一緒に排出しようとするが、今は水を飲んでいないため、それができない。結果、血中の塩分濃度が高止まりして、内臓が機能不全を起こす。体はよぶんな塩分を排出するために、水を飲むようにうながす。そのため、のどの渇きにひどく苦しむことになる。勇介はそのようなことを言った。この時点では勇介にもまだ理性が残っていて、昇を思いやる余裕があった。

実を言うと、昇も水を持っていた。飲みかけのオレンジジュースが、五百ミリリットルのペットボトルに半分ほど残っていて、ズボンのポケットに入っていた。だが、そのことは黙っていた。勇介は、秋輔に飲ませるために「よこせ」と言うはずだからだ。これだけは自分のものとして手放せなかった。

我慢できるかぎりはしようと思った。まだ水を持っているという事実は、心を平静に保つのにも役立った。

ふたたび夜になった。日が沈むと、気温は下がり、過ごしやすくなった。のどの渇きはあいかわらずだが、気分はやわらいだ。

あたりは暗闇に包まれたが、月明かりのせいで、勇介の表情はなんとなく分かった。勇介はまた昇を責めはじめた。

「おまえのせいだぞ、昇。どうしてくれるんだよ」

「…………」

「親父は死んだ。田口さんもだ。どうすんだよ。どうやって責任を取るつもりだよ」

「…………」

「なんてことしてくれたんだよ。なあ、なんとか言えよ」

何度目かの叱責《しっせき》だった。勇介の精神も限界だったのだろう。昇は反論しなかった。言い返す気力もなくなっていた。状況は絶望的だった。海上保安部がこの漂流ボートを捜索しているのか、それすら分からなかった。

口の中がからからだった。唾液《だえき》はほとんど出ない。水を飲みたい、それしか考えられなくなった。

夜、漂流しながら、三人は眠った。というより、意識を失った。

朝になって目がさめた。状況は何一つ変わっていなかった。

勇介はペットボトルのコーラを秋輔に飲ませた。それが最後のひと口になり、ペットボトルは空になった。

また太陽がのぼってきて、暑くなってきた。このころには三人とも、意識が朦朧《もうろう》としていた。秋輔は虫の息だった。昇も手足に力が入らず、体を横たえていた。目を閉じて、じっと耐えているしかなかった。

「おい、昇。起きろ」

勇介に揺すられて、目を開けた。

「見ろ。あっちに島が見えるぞ」

顔を上げると、確かに島のようなものが遠くに見えた。

いや、島というより岩礁である。海底から隆起した岩のかたまりが、そのてっぺん部分のみ海上に顔を出しているだけ。それなりの広さはあるが、緑はない。動植物が生息しているとは思えなかった。

「行こう。水や食料があるかもしれない」

勇介はオールを持って漕ぎはじめた。幸い、潮はそちらに向かっている。オールを使って方向を修正しながら、勇介はその島に近づいていった。

だが、近づくほどに絶望的な気分になった。とがった岩のかたまりにしか見えなかったからだ。水や食料があるようには見えない。

それでも勇介は、残りの力を振りしぼって必死にオールを漕いだ。岩場までたどり着いたところで、オールを置いた。

「そこの岩を登って、上にあがってみる。昇はボートをつなぎとめておいてくれ」

勇介は岩場に下りた。足場の悪いところを、手を使いながら進んでいった。少し歩いたところが絶壁になっている。その上がどうなっているのかは下からは見えない。ほぼ垂直に見える崖《がけ》を、勇介がどのように登るつもりなのかは知らないが、好きにさせておいた。どうせ何もないよ。昇は冷めた思いで見つめていた。

砂浜はないので、ボートを陸に上げることはできなかった。昇も岩場に下りて、ボートが流れていかないように手でつかんで止めておいた。ボート上では秋輔が眠っていた。顔色が悪く、息があるのかさえ定かではなかった。

のどの渇きがひどかった。

そしてふと思い出した。ズボンのポケットにまだ水が残っていることを。

そのとき悪魔の声を聞いた。

どうせもう助からない。

助かったとしても、待っているのは別の地獄だ。

勇介は、クルーザーを沈没させたのは昇のせいだと言うだろう。二人死んでいて、そのうちの一人は雲竜院グループのトップである。とんでもない金額の損害賠償を支払わされるのではないか。いや、逮捕される可能性もある。

当時は高校二年生で、世の中のことがよく分かっていなかった。

相手は雲竜院家である。すごい弁護士もついているだろう。昇の人生を踏みつぶすくらい造作もない。昇が、いくら秋輔がやったことだと主張しても、結局は勇介の主張が採用されて、昇のせいにされるはずだ。

そのとき突然、頭に下りてきた。

勇介さえいなくなれば……。そう、勇介さえいなくなれば、クルーザー沈没事故の原因について知る者はいない。和正が操縦を誤ったことにすればいい。秋輔はまだ二歳で、何も分かっていない。実際、秋輔のせいなのだ。秋輔がクルーザーを動かし、沈没させたのだ。そもそも秋輔の面倒を昇に押しつけていた勇介が悪い。それなのに、なぜ自分のせいにされなければならないのか。

いや、そんなことより今は、ポケットの中の水を飲みたかった。

勇介は崖のほうに歩いていった。今しかない、と思った。

昇はボートに乗り込み、オールを手に取って漕ぎだした。逃げだすように、全力で岩場から離れた。

「おい、なにしてんだ！」

背後から勇介の声が聞こえた。

「待て、昇。どこに行くんだ？　待てって」

勇介が叫んでいる。しかし無視して、オールを漕いだ。

「昇、行くな。戻ってこい、昇」

距離が離れていくにつれて、勇介の声も小さくなっていった。勇介のほうには一度も振り返らなかった。

「昇、待ってくれ。俺を置いていくな。昇、昇……」

やがて波の音にかき消されて、勇介の声は聞こえなくなった。

昇は漕ぐのをやめて、オールを置いた。ボート上に寝そべっている秋輔の顔を見た。ぐったりしている。

関係ない、と思った。とにかく水を飲みたかった。

昇はポケットからペットボトルを取りだした。オレンジ色のジュースが半分ほど残っている。キャップを開けた。ひと口だけ、そう思っていたが、もう止まらなかった。一気に飲みほしてしまった。

うまい。

恍惚《こうこつ》のまま、昇はボート上に倒れ込んだ。

あとの記憶はない。おそらく気を失ったのだろう。

記録によれば、その日の午後五時ごろ、二人を乗せたボートは日本行きの輸送船（ブラジル船籍）によって発見された。昇も秋輔も奇跡的に生きていた。ともに意識不明だったが、その船の船医によって救命措置が取られた。

目がさめたのは翌朝で、救助から半日ほど経っていた。日本の病院のベッドの上で、腕には点滴の管がついていた。

それから警察による事情聴取が行われた。昇はおおよそ、次のように話した。

和正が操縦しているとき、突然、クルーザーが猛スピードで走りだした。そして右に急カーブするなり、あっという間に横倒しになり、舳先から沈没していった。ボートを下ろしたのは勇介。まずは秋輔を抱きかかえた昇がボートに下りた。続いて勇介が下りようとしたところで、船が傾いた。勇介は転倒し、船とともに沈没していった。和正と田口がどうなったかは知らない。

和正が缶ビールを飲んでいたとも、昇は証言した。

あとは昇と秋輔の二人でずっと漂流していた。秋輔には、自分が持っていたペットボトルのジュースを少しずつ飲ませていたと嘘をついた。

勇介を岩礁に置き去りにしたことは黙っていた。

いま思えば、そのことを警察に伝えていたら、ただちに救助に向かって勇介が助かった可能性はある。しかし、そのときはそんなこと思いもしなかった。昇のなかで勇介はもう死んだものとして片づいていた。

結局、事故の原因は、和正の飲酒運転によるものとされた。和正の飲酒運転は日常茶飯事で、以前、あのクルーザーに乗ったことがある別の友人も、和正がビールを飲みながら操縦していたと証言した。

秋輔は十日ほど、意識不明のまま生死をさまよった。奇跡的に目をさましたが、もちろん何も覚えていなかった。秋輔が助かったのは、昇が水を飲ませていたからということになり、「命の恩人」として映見子から感謝された。

和正と田口の死体は見つかっていない。岩礁に置き去りにされた勇介が、その後どうなったのかも知らない。沈没したクルーザーが引き上げられることもなかった。だから今も海底に眠っているはずだ――

「勇介、おまえなのか？」

「ああ」と声は言った。

「本当か。幻聴じゃないのか」

「幻聴ではない。まぎれもなく俺だよ。勇介だよ」

確かに勇介の声に聞こえる。はっきりそうだと言える確信はないが、似ているように思う。まだ若い声だ。声は年を取っていない。

「でも、おまえは死んだはずじゃ」

「ああ、死んだ。二十二年前にな。そして亡霊になった」

「亡霊？」

「成仏できなかったということだ。悔しくて、この世に未練があって、だから魂が残っちまった。そして二十二年間、俺はずっとおまえのそばにいたんだ」

「……背後霊としてか？」

「怨霊《おんりょう》といったほうが正しいな。おまえを見守っていたわけじゃない。ずっとおまえの行いを見てきたよ。秋輔を救った命の恩人として、母や弟をだまし、雲竜院家に取り入ってきたおまえの人生をな」

どこから聞こえてくる声なのだろう。

耳の鼓膜を揺らしているというより、体内に響きわたってくる感じがする。つまり音として聞いているのではなく、直接、心に伝わってくる声だ。亡霊は、昇の体内に棲《す》みついているのかもしれない。

「そうなのか。でも、なぜ今ごろ?」

「俺はずっと待っていたんだよ、このときを。俺みたいに成仏できなかった亡霊は、意外と多い。だが、通常は何もできない。亡霊に何かができるくらいなら、その存在は科学的に立証されているはずだ。亡霊は、この世界に対してどんな影響もおよぼすことはできないから、その存在を立証できないんだ。怨霊としておまえにとり憑いても、しょせんは肉体のない魂だけの身で、おまえを殺したくても、どれだけ呪《のろ》ってみても、なんの変化も起きなかった。文字通り、見ていることしかできなかった。ただし、ある条件が加わると、俺たち亡霊の霊力は飛躍的に高まる」

「ある条件?」

「火星だよ。今、地球に火星が大接近しているんだ」

「あ……」

そういえば秋輔が言っていた。十五年ぶりに地球と火星が大接近して、肉眼でも明るく見えるということだ。

「おまけに今夜は満月だ。おまえはもう昼も夜も分からないだろうが、今夜はきれいな満月なんだよ」

「でも、それがなんだっていうんだ？」

「俺たち亡霊は、潮の満ち引きと同じように、天体の影響を強く受ける。天体の力を借りて、霊力が飛躍的に高まるんだ。いわゆるポルターガイスト現象が起きるのは、そんなときだ。今、俺とおまえが会話できているのは、火星と月の力を借りて、俺の霊力が最大限に高まっているからであり、おまえが極限状態に長く置かれて、意識レベルが低下し、そのぶん第六感が鋭くなっているからだ。死にかけて、魂が抜けかかり、おまえ自身が霊に近づいているからともいえる。いわば、これは奇跡なんだ。生身の人間と亡霊が会話するなんて、めったにあることじゃない。いろんな条件が奇跡的に重ならないかぎり、こんなことは起きない」

「待て……。じゃあ、地下室のドアを閉じたのは」

「俺だよ」

「そんな」

「俺は、亡霊のなかでも強い霊力を持っていた。なにせおまえへの怨念でこの世に残った亡霊だからな。通常、満月になれば、俺たち亡霊の霊力は高まる。だがそれでも、重なっている皿をかたかた揺らしたり、寝ている人間を数十秒だけ金縛りにしたりするのがせいぜいだ。亡霊が、その霊力で人間を殺せるとしたら、世の中、不審死だらけだ。さすがにそんな力はない。月の力に加えて、火星の力を借りても、おまえの首を絞めて殺すことはできない。しかし、ドアをロックしておくことはぎりぎり可能だ。それもまあ、火星が地球に最接近している一週間ほどだがな。月はやがて欠けるし、火星は離れていく。そうすればドアは自然と開くだろう」

「犯人は、勇介だったのか……」

「天体の力を借りて霊力が高まっても、俺にできるのはその期間、ドアをふさいでおくことだけ。それでおまえを殺せる条件がたまたまそろうのを、この二十二年間、俺はずっと待っていたんだ。ちなみに次に火星が近づくのは十七年後だ。ここを逃すと、また十七年も待たなくてはいけない。おまえが十日間の長期休暇中で、水も食料もない脱出不可能な地下室に入る。こんなおあつらえ向きの条件がそろうなんて、まさに奇跡だ。神が、おまえを殺せと俺に命じているんだ」

「なあ、勇介。俺が閉じ込められて、いったい何日経ったんだ?」

「どれだけ経ったと思う?」

「二日。いや、三日か」

「ハッハッハッ」と声は笑った。「まだ一日しか経ってないよ」

「一日……」

「昇。一つだけ言っておくよ。人間は簡単には死ねない。本当の苦しみはこれからだ。おまえはこれから死に面して、絶望と向き合う。飢えと渇き、暗闇の恐怖。おまえはその極限にせまりつつ、生きながら死んでいく」

「待ってくれ、勇介。お願いだ。助けてくれ」

「俺だって、こんなことしたくてしているんじゃない。こんな亡霊になんて、なりたくなかった。でも、この怨念を晴らさなければ、俺はあの世に逝けないんだ。おまえを殺さなければ、成仏できないんだ」

「すまなかった、勇介。あのときは、あのときは……」

「あのときは、なんだ？　いまさら嘘をついても無意味だが、弁解くらい聞いてやってもいいぞ」

「あのとき……、クルーザーを沈没させたのは俺じゃない。秋輔なんだ。俺は、クルーザーのエンジンは切れていると思っていた。だから秋輔を操縦席で遊ばせていた。俺は少し船酔いして、居眠りしてしまった。だから秋輔が何をしたのかは分からないけど、突然、クルーザーが走りだして、なにがなんだか分からないうちに沈没してしまった。秋輔を操縦席で遊ばせていたのはよくなかったかもしれない。でも、あれは本当に俺がやったんじゃないんだ。秋輔のせいなんだ」

「それから？」

「それから……、三人で漂流して……、あのとき、おまえが俺を責めただろ。クルーザーを沈没させたのは俺のせいだって。俺が勇介の父親や田口って人を殺したんだって。おまえが俺を責めたから……」

「責めたから、なんだ？」

「俺たちが生きて帰れたとしても、クルーザーを沈没させたのは、俺のせいにされるんじゃないかと思った。すべての責任を負わされて、社会的に抹殺されるんじゃないかって。おまえには、いや、雲竜院グループにはそれくらいの力はあるだろ。そう思ったら、すごく怖くなった。だから、おまえをあの岩礁に置き去りにしたんだ。俺が生きて帰れる保証もなかったけど、おまえが生きて戻ったら、俺は雲竜院グループに殺されるんだって、そのときはそう思って……」

「………」

「それに、水を飲みたかったんだ」

「水？」

「あのときは黙っていたけど、俺のズボンのポケットには、ペットボトルのジュースが半分ほど残っていたんだ。おまえに水を持っていることを知られたら、取りあげられると思って隠していた」

「その水はどうしたんだ?」

「……自分で飲んだ」

「秋輔に一滴も与えることなく、一人で飲みほしたんだな」

「……ああ」

「そのくせ生還したら、ずうずうしくも秋輔の命の恩人をかたり、母に取り入って子会社の社長になり、ぬくぬくと生きてきたわけだ」

「仕方なかったんだ。あのとき、俺はまだ十七歳で」

「俺も十七歳だった。だが、おまえのように卑怯な真似はしなかった」

「それは……」

「おまえは俺を殺したばかりか、秋輔を助けることもしなかった。生還したあとも、すべてを嘘で塗り固めた人生を生きてきた」

「待ってくれ、勇介」

「自分さえよければいい。それが土橋昇という人間のすべてだ。二十二年間、おまえを見てきた俺の結論だ」

「すまなかった。許してくれ。すべて告白する。映見子さんにも、秋輔にも、真実を話して謝罪する。どんな制裁も受ける。だから、俺をここから出してくれ。お願いだ。勇介、助けてくれ」

昇は、声のかぎり叫んだ。だが、勇介は返事をしなかった。

「勇介。なあ、勇介」

地下室は暗闇のまま、もとの静寂に戻っていた。

「勇介、返事してくれよ。勇介」

声が消えた。いや、気配がない。

「勇介?」

魔法が解けたような感覚があった。

呪いが解けた? 勇介は、亡霊は、もういない?

昇は席を立った。あまり力は残っていない。足をひきずるようにして、暗闇のなか、壁づたいにドアまで歩いた。ドアノブを握り、回した。

そしてドアを押す。

だが、開かない。全力で押しても、びくともしない。

ドアはロックされたまま。

呪いは消えていない。

「勇介、勇介、返事してくれ、勇介」

叫んでも、返事はなかった。

「くそっ」昇はドアを叩いた。「なんでだ。なんで俺が、こんな目に……」

力尽き、その場にへたり込んだ。

勇介の言っていたことは真実だった。本当に苦しいのはこのあとだった。のどの渇き。

水、水、水……。

意識が朦朧としても、水への渇望だけは消えなかった。

やがて暗闇の中に、さまざまな幻覚を見るようになった。突然、ヘビが首に巻きついてきたり、小さな虫が体内に入り込んで内臓を食い破ったり、土中に生き埋めにされるような感覚に襲われたり。

うまく呼吸できなくなってきた。頭痛がひどい。

水がほしい。

何度試みても、ドアは開かなかった。勇介の呪いは続いている。

今はもう、椅子にぐったりしているだけ。

体内の水分はなくなり、干物になったような気分だった。

ボートで漂流していたときより、はるかに苦しい。あのときはまだ光があったし、時刻も分かった。今はすべてが奪われている。

のどが渇いた。

頭がおかしくなりそうだ。だが、簡単には死ねなかった。命というものは限界まで生き続けようとするものらしい。

死にたいという思いと、死ぬのが怖いという思いが交互に襲ってくる。苦しい。最後はもう、それだけだった。

「勇介、そこにいるんだろ。返事してくれよ」

呼びかけてみたが、返事はなかった。


のどが渇いた。

水、水、水……。水がほしい。

のどの渇きだけは執拗に消えない。体が熱い。まるで灼熱《しゃくねつ》地獄だ。

もう耐えられない。

この命が絶えるのに、あとどれだけの時間がかかるのだろうか。

なぜ死ねない……。はやく俺を殺してくれ。

ふと思う。俺はもう死んでいるんじゃないか。

実際、体はもう動かない。心臓が止まっているのかもしれない。

なのに、なぜ苦しみが消えない？

死んで魂になっているのに、のどの渇きが消えないなんてことがあるだろうか。もう一生、永遠に、十年も、百年も、千年も、勇介のような亡霊となって、ここで苦しみ続けることになるのではないか。

そんなの嫌だ。亡霊になんてなりたくない。永遠にのどの渇きに苦しみ続ける亡霊なんて、絶対に嫌だ。

誰か、俺を殺してくれ。魂ごと消し去ってくれ。

こんなことなら、生まれてこなければよかった――

2

昇は目を開けると、硬い椅子に座らされている。

背もたれに沿って背筋をぴんと張り、両足をそろえている。戦争映画で見た、帝国陸軍の将校のような座り方だと思った。

真っ白い部屋にいる。壁も床も天井もすべて白。あまりにも白すぎて、白が無限に広がっているような錯覚をおぼえる。

病院かと思ったが、そういう感じではない。むしろ雲の上という感じだ。飛行船に乗っているようなふわふわ感がある。

無音、無臭、かつ無風。クーラーのような人工的な空気ではなく、ナチュラルな清涼さである。さらに言うと、無痛、無痒《むよう》。というか、感覚がない。座っているのに、接触しているはずのお尻の圧迫感さえない。

「えっ、なんで？」

いや、そもそも体が動かない。目に見えない鎖で縛られているのか、首から下が麻酔をかけられているのか。原因は不明だが、とにかく動かない。しかし目は見えているし、声も出せる。その声を自分の耳で聞くこともできる。

「夢か？　いや……」

目の前に少女がいる。

黒髪のショートカット。革張りの回転椅子に腰かけて、デスクに向かって何かを書き込んでいる。髪の毛は光を反射するほど艶《つや》めいていて、うなじから肩にかけて伸びるやわらかな曲線が美しかった。

すらすらと、続け字のように書き込んでいる。

「ふう」少女はペンを置き、小さな息をついた。

魔法使いの少女が、枯れた花に息を吹きかけたら、とたんによみがえって花が咲いた。そんな光景を連想してしまうような、息の吐き方だった。まるで未知の楽器を奏《かな》でたような美しい音がした。

少女は書き終えた紙にスタンプを押し、それを「済」と書かれたファイルボックスに放った。それから、ちらりと腕時計に目をやり、タブレット型パソコンを手に取って、回転椅子を回して振り向いた。

「閻魔堂へようこそ。土橋昇さんですね」

「ああ、そうだけど……」

昇は少女に見とれたまま、目をそらすことができなかった。

圧倒的な美少女だった。

輝く瞳は、一番星のような光線を放っている。小さな顔のなかに、すべてのパーツがバランスよく配置されていて、天才的芸術家によって作られた彫像を見るかのようだった。目力が強く、何光年も先まで届きそうなほどの光量である。

淡いピンク色の頬。真っ赤な口紅。左耳に蝶々《ちょうちょう》形のイヤリングをつけていて、左の羽根には赤、右の羽根には青の宝石が埋め込まれている。目の輝きとイヤリングの宝石が、少女の顔全体をライトアップしているように見えた。

ボーダーのぶかぶかなTシャツと、パステルピンクのミニスカート。体のどの部分にも無駄な肉がない。かといって細すぎる印象でもなく、この細さ以外にありえないという完璧なスタイルである。細長い生足の先に、VANSの厚底スニーカー。グリーンのキャップを、頭にかぶるというより、ちょこんと載せている。誇張《こちょう》ではなく、本当に女神が舞い降りたように感じた。

しかし理解しがたいのは、少女が背中にはおっている真っ赤なマントだった。ファッションとしても不自然だし、なにより色がきつすぎる。血を連想させる濃い赤で、胃がむかむかしてくる。このマントで空でも飛ぶのだろうか。

少女は足を組み、タブレットを見つめていた。まるで台本を読んでいる超一流の女優のようなたたずまいだった。

「ええと、あなたは父・土橋元雄《もとお》、母・初子《はつこ》の長男として生まれた。教育熱心な両親で、小一から塾通いを強《し》いられた。そのおかげで成績はよく、高校までは進学校に通っていたが、あまりにも自由のない抑圧的な環境だったため、思春期に反発。現在では絶縁状態になっている」

「まあ、そうだけど」

「問題は十七歳のとき。あなたは罪を犯していますね」

「えっ」

「友人・雲竜院勇介からクルーザーに誘われた。秋輔を操縦席で遊ばせているうちに、クルーザーが暴走して沈没。同船していた雲竜院和正と田口は海に落ちて溺死《できし》した。あなたと勇介と秋輔はゴムボートに乗って漂流した。そしてあなたは、たどり着いた岩礁に勇介を置き去りにした。その後、あなたと秋輔は輸送船に発見されて助かりますが、勇介のことは話さなかった。そうですね」

「………」

「そうですね、と聞いているんです。そうならそうと答えなさい」

少女ににらまれた。その眼光の冷たさに、昇は凍りついた。

なぜこの子がそれを知っているのか。しかしこの子には逆らわないほうがいいと直感で判断した。

「そうです」と昇は答えた。

「その後の人生は、特に語るほどのこともないですね。秋輔の命の恩人になりすまし、母の映見子から感謝される。雲竜院グループの子会社に入社し、これといった実績もないのに、映見子の肝入りで社長に就任する。結婚したが子はなく、妻は岩永という弁護士に寝取られて、離婚した」

「ああ」

「運がいいんだか、悪いんだか。そんな土橋昇さんでよろしいですね」

「まあ、そうだけど……。いや、待ってくれ。君は誰なんだ？　なぜ俺のことをそんなに詳しく知っているんだ。特に、あのことを知るのは俺だけだ。なぜ初対面の君が勇介のことまで知っているんだ」

「それは私が閻魔大王の娘だからです」

「は？」

「名は沙羅。沙羅双樹《さらそうじゅ》の花の色、の沙羅です」

「……エンマ？」

「ほら、あなたも聞いたことがあるでしょ。あの閻魔大王です」

「ああ、死後に罪の軽重を審判するとかいう、あの閻魔大王か？」

「そうそう、それです」

「でも、本当に実在するのか。あれは架空の話じゃないのか？」

「架空ではありません。閻魔大王は、人間の空想上のものではなく、実際に存在するもう一つの現実なのです――」

沙羅の解説は続いた。

人間は死によって肉体と魂に分離され、魂のみ霊界にやってくる。ここは閻魔堂といって、霊界に来た魂が最初に訪れる場所であり、ここで生前の行いを審査され、天国行きか地獄行きに振り分けられる。

本来であれば、ここには沙羅の父・閻魔大王がいる。しかし今日は五月病にかかり、生きる目的を失って仕事放棄。自室にこもって出てこないという。そこで娘の沙羅が代理を務めている。

状況は理解できた。この奇妙な空間も、動かない手足も、この世のものとは思えない奇跡の美少女も。なにより沙羅が昇しか知りえないことを知っていることも。つまり、昇は死んだということだ。

「でも、なぜ俺は死んだんだ？　ぜんぜん思い出せない」

「ええと、最近ではめずらしい死因ですね。大枠でいうと餓死ですけど、霊界の定義によると『渇《かっ》え死に』ということになります。つまり生命活動を続けるうえで必要な水分を失った、ということです」

「渇え死に？　水分がなくなって……、あっ」

ふいに思い出した。

地下室に閉じ込められて、どれくらい時間が経ったのだろう。のどの渇き。それが最後の記憶だった。そのあと死んだということだ。

死のまぎわ、勇介が現れた。いや、正確には声だけだが。

あれは勇介の亡霊なのか。それとも、自分の中にあった罪の意識が作りだした幻聴だったのだろうか。

「犯人は誰なんだ？」と昇は問いかけた。

沙羅は無視し、タブレットを見つめている。

「なあ、沙羅。俺を地下室に閉じ込めたのは誰なんだ？　生きている人間なのか、それとも勇介の亡霊なのか？」

「教えられません」

「えっ、なぜ？」

「死者が生前知らなかったことは教えてはならない。そういうルールなんです」

「そうなのか。でも、沙羅は知っているんだろ」

「ええ」

「せめて生きている人間の犯行なのか、それとも勇介の亡霊のしわざなのか。それだけでも教えてくれないか」

「シャーラップ」沙羅はネイティブの発音で言った。「では、審判に移ります。議論の余地なく、地獄行きです」

「待ってくれ」

「待ちません。勇介を置き去りにする。これは殺人行為です」

「いや、あのときは俺も長く漂流していて、極限状態だったんだ。それにクルーザーの沈没に関しては、俺のせいじゃない。あれは秋輔が――」

「それはそうみたいですね。あれは和正の過失でしょう。エンジンがかかる状態にしていたこと。ましてや子供もいるのですから、注意しておくべきでした。釣りに夢中になって管理をおこたっていた彼の責任です。しかし、それと勇介を岩礁に置き去りにする行為はまったく別です」

「あのときは俺も混乱していたんだ。勇介が、クルーザーを沈没させたのは俺のせいだって決めつけて、ずっと責められていたんだ。だからもし生きて帰れても、俺が二人を殺した罪を背負わされると思った。だから、魔がさしたんだ。勇介が岩礁に上がったとき、衝動的に……。本当に魔がさしたんだ」

「それもまあ、そうでしょうけど。ただし言っておきますが、人間界の裁判では、衝動的犯行か、計画的犯行かで、量刑が大きく変わることもありますが、ここ霊界の裁判ではほとんど関係ありません。動機は気持ち程度にしか考慮されません。純粋に犯した行為の質のみで判断されます」

「あのとき俺はまだ十七歳で、ちゃんとした判断ができなかったし」

「霊界に少年法はありません。二十歳未満の未成年ルールは人間界だけのものです」

「もう二十二年前の話だぞ。時効じゃないのか」

「時効も人間界だけのもの。ここでは関係ありません」

沙羅は足を組みなおした。冷たい表情をした。

「まあ、百歩譲って、自分の命が助かるかどうかも分からない極限状態で、正しく判断できなかった、でもいいでしょう。しかし問題はそのあと。自分が助かった時点で、勇介がまだ生きていることを警察に話すべきでした。そうすればただちに救助に向かって、勇介は助かったかもしれない。しかしあなたは故意にそれをしなかった。つまり、勇介を殺害する明瞭《めいりょう》な意志があったということです」

「そんな……」

「おまけに、あなたは秋輔の命の恩人になりすました。秋輔に水を与えていたのは勇介だったのに、自分の手柄《てがら》にした。そうして映見子に恩を売り、雲竜院グループの子会社に入れてもらい、実績もないのに社長の座につき、能力もないのに高給を手にしていた。いわば映見子をだましていた。彼女は、自分の子供を殺した犯人を、命の恩人とあがめていたことになります。なんという不誠実」

「………」

「弁解の余地はありません。はい、地獄行きです」

沙羅は言い終えて、タブレットを指で操作しはじめた。

昇は言った。「待ってくれ、沙羅」

「もう判決は出ました。黙っていなさい」

「俺だって……、人生をやりなおせるなら、やりなおしたいよ。生まれ変われるなら、生まれ変わりたい。でも、あのときは……」

「やりなおすことはできたはずです。過去は取り戻せないとしても、生還したあと、現在にいたるまでの二十二年のあいだに、映見子と秋輔に対して罪を告白し、許しを請う機会はいくらでもありました。しかし、あなたはあえてしなかった。罪の意識に苦しんでいたなんて、なんの意味もありません。だからなんだって話です。心の中で思っていることに意味はないんです。評価されるのは行動だけ。罪を犯したなら、それを償うために何をしたか。悪いと思ったのなら謝るべきだし、損害を与えたのなら賠償するべきです。それをする機会はあったのに、あなたはしなかった。心の中で自分を責めていたなんて、悲劇のヒロインじゃあるまいし、意味のない自己満足です。罪を告白しなかったのは、あなたという人間の本質が汚らわしく、不潔で、不誠実だからです。自分が一番かわいいというだけの人間だからです。そして、それがすべてです」

言葉以上に、沙羅に対して逆らえないものを感じた。

すべて筒抜けで、嘘がつけない。

「どちらにしても、あなたは地獄行きです。世のため人のためになることを何もしていませんから。プラスに評価できるポイントがまったくありません」

「……地獄って、どんな場所だ？」

「文字通り、地獄のような場所です。あなたが閉じ込められていた地下室での苦しみとは桁ちがいだと言っておきます」

「俺は、そんなところで耐えられるだろうか？」

「耐えられようが、耐えられまいが、容赦なく続きます。逃げることも、意識を失うことも、死ぬこともできません」

「いつまで？」

「穢《けが》れが落ちるまでです。地獄とは、あなたの穢れた魂を浄化し、リサイクルする場所ですから。原理は再生紙と同じです。いったん古紙を細かくちぎり、溶かして、再生紙として成形する。それと同じように、あなたの魂を切りきざみ、溶かして、無にかぎりなく近づける。つまり無垢《むく》にするわけです。今のあなたの穢れた魂を、穢れたまま赤ちゃんとして生まれ変わらせるわけにはいかないので」

「生まれ変わる？　地獄での刑期を終えたら、また生まれ変わるのか？」

「ええ、これを輪廻転生《りんねてんせい》といいます」

「ということは、俺にも前世があったのか？」

「それはそうです。ただし記憶はリセットされています。まれに残ってしまうこともありますけど」

「そうなのか」

「でも前世と現世は、実は意外とリンクしているんですよ。たとえば日本で野球がさかんなのは、かつて武士社会だったことと関係があります。一流の野球選手の前世をたどっていくと、戦国時代に剣豪として知られていた人だったということがよくあるんですね。つまり『刀』を『バット』に持ちかえ、『斬《き》る』を『打つ』に置きかえているんです。どこか相通ずるものがあるのでしょう。前世と同じ職業に就くとか、前世と同じ罪を犯すといったこともよくあります。なぜか理由もなく惹《ひ》かれるものは、前世の因業によるものということがよくあるんです」

「……なあ、一つ聞きたいんだけど」

「なんです？」

「俺は死んで、肉体から魂が離れた。そして魂のみの姿で、ここ閻魔堂に来た。そういう理解で間違っていないよな」

「ええ」

「でも、現世に強い未練があるとかで、死んでも死にきれず、魂が霊界に来られずに地上に亡霊として残ってしまうことはあるのか？」

「成仏できずに、亡霊として地上をさまようということですね。まあ、ありますね。ごくまれにですけど」

「じゃあ、やっぱり俺を殺したのは勇介の亡霊なのか。俺を殺して無念を晴らしたのだとしたら、成仏して勇介もこっちに来ている可能性もある。それとも亡霊として、永遠に地上をさまようことになるのか」

沙羅は不思議そうに口をすぼめ、昇の顔を見つめていた。

「それ、知りたいですか?」

「もちろん。死んだことは受け入れているが、誰になぜ殺されたのかは知りたい。そうじゃなきゃ、死んでも死にきれない」

「なぜなんですかね、人間って。自分がなぜ死んだのか、あるいは誰に殺されたのか、分からないで死ぬことはままあります。しかし人間は一様に知りたがるんですよね。どうでもいいことじゃないですか。もう死んだんだし、死んだという事実は変わらないんですから。結果が変わらないなら、原因を知ったって仕方ないと思いませんか。人間がなぜそう思わないのか、私には不思議です。合理的じゃない。人間を見ていて、もっとも不思議に思うところです」

「合理的とか、そういう問題じゃないだろ」

「そうかなあ。結果が変わるなら、原因を追究する価値はあると思いますけど、なぜ死んだのか、それを知ったところで結果は変わらないのに、人間は知りたがる。それが人間の心というものなのでしょうか。閻魔には理解しがたい感情です。たぶん人間特有のものです。知りたいという感情を強く持つのは」

沙羅はタブレットをデスクに置き、腕組みした。足を組んだ姿勢で、しばらく考え込んでいた。やがて言った。

「そんなに知りたいですか。誰になぜ殺されたのか?」

「ああ、知りたい」

「それならこうしましょう。先ほども言ったように、霊界のルール上、私の口からあなたに真実を教えるわけにはいきません。しかしあなた自身が推理して、真相にたどり着くぶんにはかまわない。誰になぜ殺されたのか、自分で推理して見事に言い当てられたら、生き返らせてあげてもいいですよ」

「生き返れる？　本当か？」

「ええ」

「しかし、まったく分からないぞ。犯人を示す痕跡《こんせき》なんてなかったし。なにせ犯人は部屋の外からドアを閉じただけだ」

「まあ、確かに、かなりの難問ですけど。とはいっても、今あなたの頭の中にある情報だけで、ちゃんと答えを導きだせます」

「そうなのか」

「閻魔は嘘をつきません。推理のために必要な情報は出そろっています。その情報を論理的に組み立てるだけで、犯人にたどり着けます」

「本当か。本当に生き返れるのか？」

「だから、そう言ってるでしょ」

現時点では見当もつかないが、沙羅が嘘をついているようには見えない。いずれにしても、降ってわいたチャンスだ。

「どうしますか。やりますか」

「もちろん、やる」

「分かりました。ただし制限時間は三分とします」

「三分？　たったの？　短すぎるだろ」

「ええ。ですが、あの地下室で考える時間は充分にあったはずなので」

「まあ、それはそうだが」

「ルールを設定するのはこちらです。文句があるなら、それまでです」

「分かった。でも、少し質問させてくれないか。俺には、霊界のルールみたいなことが分からないから。たとえば、さっき言ったような亡霊のこととか、地球上の科学では解明されていないことだし」

「それはそうですね。では、質問を三つだけ許可します」

「まず、さっきも話したが、死んだ人間の魂が、亡霊として地上に残ってしまうことはあるって言ったよな。その亡霊は、現実に生きている人間を殺すことができるのか。たとえば、その霊力で地下室のドアを封じて、監禁して餓死させるということは実際問題として可能なのか？」

「んー、そこはどうなんでしょうね。亡霊によっても霊力は異なりますし。ただ、非常に強いパワーを持った亡霊が、ポルターガイスト現象を引き起こした例は少なからず報告されています。ただし、人間を殺したという例は報告されていません。まあ、報告されていないだけで、絶対にないとも言いきれませんけど」

「その亡霊は、天体の力を借りて、たとえば満月とか火星接近によって、飛躍的に霊力が高まるものなのか？」

「それはあるでしょうね。地球に住む人間にしても、少なからず天体の影響を受けています。たとえば満月の夜は自殺が増えるとか。天体の動きと人間の心身の波長は、基本的にシンクロしています」

「二十二年前、勇介は死んで、ここに来たのか。それとも亡霊として地上に残っているのか？」

「答えられません。それは亡霊についての質問ではなく、問題を解くためのヒントになっているので」

「じゃあ、亡霊は――」

「質問は終わりです。もう三つ受けました」

「でも、最後の質問には答えていないから、もう一つ」

「答えましたよ。ヒントになるので答えられない、と。それによって質問は消化されました。いずれにしても、情報は出そろっているので、アンフェアということはありません。

「では、はじめましょう」

「スタート」

沙羅は席を立ち、冷蔵庫のうえに積んであるカップヌードルを取った。フタを開け、ポットから湯をそそぎ、わりばしを置いてフタを閉じた。椅子に戻り、デスクに置く。すきまから湯気が立ちのぼっている。

沙羅は足を組み、麺《めん》ができあがるのをじっと待っていた。

時間はたった三分。

犯人は誰か。あの地下室でさんざん考えたから、頭の中の情報は整理されている。容疑者は、智代里、岩永、野田。ただし、これは直近で昇を殺す動機を持っていた三人を列挙しただけで、犯人として特定できるだけの証拠はない。

沙羅によれば、犯人を特定するための情報は出そろっているという。

これは大きなヒントだ。犯人がしたことは、地下室のドアを封じただけで、昇の前には姿を現していない。つまり犯人に関する痕跡が、現場に残っているというようなことではないはずだ。また、今の昇には容疑者のアリバイを調べるといったこともできないが、そんなことも必要ないのだ。

情報は出そろっている。そのことを前提にすると、やはり推理のポイントになるのはあれだ。すなわち、勇介の声。

あの声はいったいなんだったのか。可能性は三つある。

第一に、幻聴説。

極限状態で意識が朦朧として、勇介に対する罪の意識が幻聴となって現れた。それでいちおう、説明はできる。しかし幻聴だとすると、あの声自体は事件とは無関係ということになり、推理はそこで止まってしまう。あの声は幻聴で、犯人は智代里、岩永、野田の三人のうちの誰かという可能性が否定されるわけではないが、逆に積極的に押す根拠もないので、ひとまず除外していいのではないか。

第二に、勇介の亡霊説。

沙羅の話では、死者の魂が地上に残ってしまうことはあるらしい。つまり二十二年前、勇介は岩礁で死んだあと、昇に対する怨念のために成仏できず、亡霊となってずっと昇にとり憑いていたということはありうる。そして勇介の声がまさに言っていたように、火星接近によって霊力が高まったこのときに、昇を地下室に閉じ込めて殺したといえば、いちおう理にかなっている。

しかし幽霊のしわざと言ってしまうと、もはや立証のしようがない。とすれば、「論理的に考えれば答えは出る」というこのゲームの前提が成立しない。この可能性も除外していいのではないか。

そう考えると、消去法で、第三の可能性が濃厚になってくる。

ポイントは、あの声が、昇が勇介を殺したことを知っていたことだ。それを知りうるのは勇介だけ。だからこそ、昇は勇介の亡霊だと信じた。しかし冷静に考えれば、それを知りうる人間はもう一人いる。

第三に、秋輔説。

当時、二歳の秋輔に、あのときの記憶が残っているとは信じがたい。秋輔は、勇介から水をもらっていたとはいえ、生き残ったこと自体が奇跡だった。しかし可能性をいえば、昇が勇介を岩礁に置き去りにしたことを知るのは、ボートに乗っていた三人だけ。勇介をのぞけば、秋輔のみだ。

そこまではっきりしたものでなくても、秋輔のなかに、三人で漂流していたこと、勇介から水をもらっていたこと、ボート上での昇と勇介の会話などの記憶が、わずかながら残っていた可能性はある。

ただ、秋輔としても確信はなかった。だから確認しようと思ったのだ。二歳児だった自分の、あのボート上でのおぼろげな記憶が正しいのかどうかを。つまり昇が兄を殺したのかどうかを。しかし「兄さんを殺したのは昇さんですか?」と聞いたところで、昇が真実を答えるわけがない。しらばっくれてしまえば、それまで。そう、だから自白せざるをえない状況を作ったのだ。

それがあの地下室だ。

昇が十日間の休暇中、地下室に閉じ込めた。二日も経てば、極限状態になる。真っ暗闇だったが、秋輔は暗視用の隠しカメラをしかけていて、室内の様子をのぞき見していたのかもしれない。そして衰弱の度合いを見つつ、あるところで勇介の亡霊になりすまして声をかける。地下室内にマイクやスピーカーを設置していて、地下室の外からも会話できる状況をあらかじめ作っておいた。

すべては昇に、勇介の亡霊だと信じさせるための演出だったのだ。

第一に、昇は極限状態で、思考力が落ちていた。

第二に、暗闇で、幽霊というものを想像しやすい状況だった。

第三に、声。勇介の声っぽく聞こえたが、よく考えれば兄弟なので、声は似ているはずだ。年齢的にも若い声だった。あらためて思い出してみると、秋輔の声だったような気もしてきた。

すべて、亡霊の存在を信じさせるための演出だったのだ。そして秋輔の狙い通り、昇は勇介の亡霊だと信じ込んだ。

もしあのとき、昇と勇介しか知らないこと（たとえば高二のときの担任の名前）を聞いて本人確認をしていれば、勇介ではないと分かったはずだ。しかし勇介の亡霊が現れてパニックになっていたし、思考力も落ちていたから、そこまで頭が回らなかった。それも秋輔の作戦のうちだったかもしれない。

そして勇介だと信じたが最後、秋輔の誘導尋問にひっかかって、自分からべらべらと勇介を殺したことを告白した。

それで秋輔は確信したのだ。兄を殺したのは昇だと。そして兄の復讐《ふくしゅう》を果たすため、昇が絶命するまで地下室に放置した。

仮に殺人事件として捜査されても、秋輔に容疑が向かう可能性は低いように思える。表面的には動機がないからだ。疑われるとしても、智代里、岩永、野田の三人だろう。秋輔にはそこまでの計算があったはずだ。

これが正解だろうか。昇が勇介を殺したことを知るのは、あのボートに乗っていた秋輔以外にいないというのが、その根拠だ。

「二分経過、残り一分です」と沙羅は言った。

もう時間がない。

まだ絞りきれていない。この三つのなかに正解がある気はするが、決め手はない。昇の実感としては、秋輔説が有力な気はする。二歳のときの記憶があったとすれば、あとはすべて説明がつくからだ。ただ、推理としては成立しているが、この推理で間違いないという確信まではない。

問題なのは、これまで秋輔に、昇を疑う気配がまったくなかったことだ。兄を殺したのは昇ではないかと疑っていたなら、いきなり地下室に閉じ込めるまえに、別のアクションがあってもよさそうだが。

大前提として、二歳のときの記憶が残っているのもおかしい。

秋輔を殺人者としてうまくイメージできない。昇のなかで、秋輔は素直な青年。昇を疑っていたとしても、いきなり殺人という行動に出るだろうか。

ここで推理は止まってしまう。

犯人は秋輔なのか。どうする？　どうする？

はっとした。

突然、ひらめきが下りてきた。もう一つ、可能性がある。

そう、秋輔以外にもう一人、あのボートでの出来事を知っている人物がいる。

そいつが犯人なのか？　だが、しかし……。

「残り十秒です」沙羅のカウントダウンがはじまった。「十、九、八、七、六」

もう時間がない。推理はまとまっていない。

だが直感的に、三つに絞っていい気がする。第一に勇介の亡霊説。第二に秋輔説。そしてたった今ひらめいた、第三のこれ。

この三つのうちのどれかだ。

だが、分からない。これ以上、犯人を絞り込むだけの材料がない。

「五、四、三、二、一、ゼロ。いただきまーす」

沙羅はカップヌードルのフタを開けた。わりばしを割り、フーフーと息を吹きかけてから、ずるずると音を立てて麺をすすりはじめた。お腹が減っていたようで、昇には目もくれず、一心不乱に食べている。

半分ほど食べてから、やっと思い出したように昇に顔を向けた。

「では、解答をどうぞ」

沙羅はぺろりと舌で唇をなめ、事のついでみたいに言った。

3

「犯人の可能性としては、三つある。第一に勇介の亡霊。成仏できずに地上に残っていた勇介の亡霊が、火星の力を借りて霊力を高め、ドアをふさいだ。第二に秋輔。秋輔は二歳のときの記憶がわずかながら残っていて、兄を殺したのは俺じゃないかと疑っていた。でも確信まではなかった。そこで俺を地下室に閉じ込め、マイクとスピーカーで勇介の亡霊をよそおって話しかけた。俺は勇介本人だと思ったから、洗いざらい話してしまった。それで秋輔は、俺が兄を殺した犯人だと確信し、兄の復讐を果した。つまり、すべて俺に自白させるための演出だった。

第三に勇介。亡霊ではなく、生きている勇介本人だ。つまり勇介は生きていたという可能性だ。勇介が置き去りにされた岩礁には、わずかながらでも水や食料があったのかもしれない。そのためしばらく生きのびられた。そして勇介はどこかの国の船に発見され、救助された。しかし、その時点で死にかけていた。生死をさまよい、一命をとりとめた。やがて目をさましたが、記憶喪失になっていた。勇介は、自分が何者か分からないまま、その国で暮らすことになった。

そして二十二年が過ぎた。勇介は記憶を取り戻していた。日本に戻り、俺の現状を調べて監視していた。もちろん復讐を果たすために。二十二年前の自分と同じ状況、つまり水も食料もない飢餓に追い込むことが勇介の復讐だった。俺が苦しむのを暗視カメラで見ていて、笑っていたんだ。俺が衰弱したところで、マイクを通して、亡霊をよそおって話しかけたのは、余興のようなものだったのかもしれない。声が勇介に似ていたのは当然だ。だって勇介本人だったんだから」

昇は、沙羅の表情を見つめた。

沙羅は口いっぱいにほおばる食べ方で、一分も経たずにカップヌードルを食べ終え、今はスープを飲んでいる。沙羅の表情から、どれが正解か、探れないかと思ったが、いかなる感情も読み取れなかった。

「この三つの可能性のどれかだと思うが、どうかな?」

「あー、うまかった。ごちそうさま」

沙羅は、空になった容器にわりばしを突っ込み、ゴミ箱に放った。それから席を立ち、冷蔵庫を開けて、ペットボトルの烏龍茶《ウーロンちゃ》を取りだす。一気に半分飲みほして、ペットボトルを持ったまま席に戻った。

「まあ、いい線ついているんじゃないですか。確かにポイントは、あの声。あれが何者なのかということで、あなたが勇介を殺したことを知りうる人物として、その三つに絞られるということですね」

「ああ。だが、ここから推理が先に進まない。情報がなさすぎる。本当に情報は出そろっているのか?」

「私が嘘をついているとでも?」

「いや、そういうわけじゃないが」

「いずれにしても、三つのうちのどれかでは、答えになっていません。一つに決めてください。まあ、勘でもいいですよ。それも探偵の能力の一つですから」

「勘か」

確率は三分の一。勇介の亡霊か、秋輔か、勇介本人か。

「分かった。答えは勇介本人だ。根拠は、消去法だが、まず勇介の亡霊だとしたら、そもそも論証なんて不可能だ。君の話では、論理的に考えれば答えは出るということだから、これが正解なわけがない。次に秋輔だが、やはり二歳のときの記憶が残っているとは思えないし、また、これまで秋輔に俺を疑う素振りがまったくなかった。というわけで、答えは勇介本人」

「分かりました。犯人は勇介本人ですね」

「ああ」

「ファイナルアンサーでいいですか。まだ答えを変えてもいいですが」

「これがファイナルアンサーだ。勇介は生きていたんだ」

沙羅は、烏龍茶の残り半分を飲みほした。それから言った。

「では、結果を発表します。ズンズクズンズクズンズクズンズクズンズク」沙羅は自分で効果音を鳴らした。「ブー、不正解でした」

「えっ」

「じゃあ、地獄行きで」

「ちょっと待て。じゃあ、犯人は誰なんだ？」

「それは教えられません。あなたが自分で言い当てるぶんにはかまわないけど、私が教えるわけにはいかないと言ったはずです」

「それじゃあ、俺の答えが間違っているかも分からないじゃないか」

「そこは仕方のないところです」

「それはないだろ。インチキだ。詐欺《さぎ》だ。ペテンだ。俺の答えが正解なんだろ。最初から地獄行きにするつもりだったんだろ」

「シャーラップ。閻魔に対する侮辱は許しませんよ」

沙羅ににらまれた。アイスピックで心臓を刺されたように感じた。

「まあ、正解を教えるわけにはいきませんが、あなたの解答が不正解である理由くらいは教えてあげましょう。なぜ勇介本人ではありえないのか。それはシンプルに、勇介は二十二年前に死んでいるからです」

「えっ」

「ここに死亡確認書が出ています」

沙羅は、タブレットを指で操作して、画面を見せてきた。そこには死亡確認書と書かれた紙が載っていた。

名前は雲竜院勇介、年齢は十七歳、職業欄には高校生とある。場所は、太平洋上の名もなき岩礁。死因は、渇え死に。死亡日は、クルーザー沈没事故の十二日後だ。備考欄に、昇に岩礁に置き去りにされた旨が記されている。

閻魔大王の印が押されていた。真っ赤な印で、沙羅がはおっているマントの色と同じ。否応なく血を連想させる印だった。

「本当は、あなたが生前知らなかったことは教えてはいけないのですが、勇介の死に関してのみ、特別に教えてあげましょう」

沙羅は足を組み、タブレットに視線を向けた。

「勇介は、岩礁に置き去りにされたあと、十日間も生きのびました。というのも、岩礁にはわずかながら水と食料があったからです。岩のくぼみに雨水がたまり、小さな貝が捕れました。それで飢えをしのぎ、救助を待ちました。しかし一隻の船も通らない。その後、しばらくして雨も降らなくなり、岩のくぼみの水は涸《か》れてしまいました。貝も食べつくしてしまいました。

真夏の、直射日光をさえぎるものがない灼熱地獄のなか、あとはもう耐えるしかない。渇き、飢え、孤独、そして死の恐怖。ひたすら耐えたのですが、ついに勇介は海水を飲んでしまいました。そこから死ぬまでの三日間が本当の地獄でした。渇きはこれまでの何十倍にもなり、血中の塩分濃度が高くなったせいで、全身に毒が回ったように苦しみあえいだ。のどの渇きに耐えかねて、勇介はさらに海水を飲んでしまう。そして苦しみあえぐ。それが絶命するまで続きました。

お分かりの通り、もしあなたが救出されたあと、勇介がまだ岩礁に残っていることを伝えていれば、彼は助かったのです。

彼は人知れずその岩礁で死に、ここ閻魔堂へ来ました。彼は善良な青年なので、当然、天国に召されました。あなたに対して恨みもあったでしょうが、ここでは口にしませんでした。あなたに連れ去られたかたちの秋輔がどうなったのか、それだけを気にかけていましたが、霊界のルール上、教えるわけにはいきません。いずれにせよ天国行き。とっくに生まれ変わっているはずです。

というわけで、犯人は勇介ではありません。不正解ということは納得していただけましたね。あなたの敗因は、許可した三つの質問を無駄にしたことです。亡霊について聞くのではなく、輪廻転生について聞くべきでした」

「は？」

「アンフェアではありませんよ。私、ちゃんと言いましたから、輪廻転生はあると。したがって情報は出そろっています」

「…………」

「そして、あなたは地獄行きです。勇介を殺害した罪に加えて、映見子や秋輔をだましていた罪、元奥さんに対するＤＶ、そして私に無駄な時間を使わせ、あろうことか閻魔を侮辱した罪もあわせて、あなたを灼熱地獄に落とします。勇介が味わった岩礁での十日間の苦しみ、それを千回くりかえし味わう。すなわち一万日地獄。人間時間でいうと、約二十七年です」

「待ってくれ、沙羅」

「あなたが飲んでいいのは、高濃度の海水だけです。そして海水を飲めば飲むほど、のどは渇き、体に毒が回っていく。しかし目の前にあるその液体を飲まずにはいられない。その苦しみに一万日、我が身をさらすこと」

沙羅は、犬歯を見せて笑った。

「熱にあぶられ、身が溶けるまで、渇えなさい」

——ふいに画面がきりかわる。

昇がいたのは、あの岩礁だった。

まぶしいほど直射日光が降りそそいでくる。全身を焼くような暑さだ。

すぐに汗が噴《ふ》き出《で》てきた。

だだっ広い洋上に、ぽつんと一人。波の音。潮の匂い。

ここに一万日？

昇はさっそく、のどの渇きを感じた。

4

——地下室のドアを封じていたつっかえ棒を外した。

ドアと壁とのあいだに一ミリの誤差もなく、ぴったりはまっていたつっかえ棒。鉄パイプを五本束ねて強度を増し、両端にゴムを装着してある。

ドアを開ける。

手袋をしているので、指紋はつかない。

地下室の電源ブレーカーは上げてあるので、部屋の明かりはついていた。

土橋昇は、自分専用のＶＩＰ席に座ったまま、体を横に倒していた。その姿勢のまま、六時間も動いていない。

閉じ込めて四日目。死んだと判断して、部屋に入った。

まず息がないことを確認する。体温は下がり、硬直がはじまっている。体内の水分はほぼ失われていて、肌はかさかさだ。見た目はミイラに近い。苦悶《くもん》に満ちた表情を浮かべている。水をくれ、とばかりに、乾いた舌が口から出たまま。すえた匂いがする。人が死ぬ瞬間に発する死臭だろうか。

暗視用の隠しカメラが二台、室内を死角なく監視できるように設置してある。それから室内の音が聞けるように集音マイクと、椅子の内部にスピーカーもしかけてある。すべて内蔵電池で動いている。

部屋にしかけたすべてのものを回収した。

次に、事故死に見せかける工作をする。

昇は休暇中、この地下室をリフォームしようとした。一階から家具を下ろしてきて、ひとまずドアの手前に置き、本人は部屋に入って家具を置く場所を空けようとしたら、何かの拍子《ひようし》に家具が倒れてドアをふさいでしまった。警察がそう筋読みするように、状況を作ればいいだけだ。

昇はダイイングメッセージを残さなかった。それはカメラの映像で見ていて確認ずみである。昇本人は、勇介の亡霊に殺されたと思っているはずだ。

仮に他殺と分かったとしても、疑われるのは野田という男だろう。自分が疑われることはない。なぜなら動機がないからだ。

地下室を出た。一階から適当な家具を下ろしてきて、あたかも自然に倒れたかのようにして、ドアをふさいだ。

鈴木創一は外に出て、バイクに乗って別荘をあとにした。

鈴木創一は、郵便局員の父と、ピラティスインストラクターの母の、穏やかな家庭に生まれた。教育熱心でもなかったが、創一がやりたいことはやらせてくれる恵まれた環境で育った。

創一は欠点のない子供だった。運動会ではリレーの選手。成績はどの教科も学年トップで、おまけに生徒会長。ささやかながら、ユーモアもある。それなりにもてたし、大人に怒られたことは一度もなかった。

だが、表面上、明るくふるまう彼も、内面には暗い影があった。

彼はよく、夢を見た。

その夢は、他の夢とは性質が異なっていた。夢にしては重量感がありすぎる。普通の夢は、それを見た直後は覚えていても、しばらく経つと忘れてしまう。しかしその夢は、ずっといつまでも細部を覚えていられた。

その夢の中で、彼は漂流していた。オレンジ色のゴムボートに乗っている。

ボートには自分以外に二人乗っている。一人は小さい子供。まだ二歳くらいだろうか。もう一人は高校生くらいの青年。

夢の中の「俺」は、その小さな子供を助けたいと切実に思っている。一方で、高校生の男に対してはひどく腹を立てている。だが、その理由が分からなかった。二人の名前も知らない。ただ、この小さい子供は家族なのだとは思う。

周囲は三百六十度、見渡すかぎり、水平線が広がっている。

海の真っただ中を、無抵抗に潮に流されているだけ。直射日光に照らされて暑く、ひどくのどが渇いている。

苦しい……、苦しい……。

なぜ三人で漂流することになったのかは分からない。

夢の中の「俺」は、ペットボトルの水を少しずつ子供に飲ませている。水はもうこれしかない。ひと口ずつ飲ませて延命し、救助を待つしか生き残る道はない。本音を言えば、自分も飲みたかった。でも、それ以上にこの子を助けたいと思っている。飲みたい衝動を必死でおさえた。もう一人の高校生の男は、「俺」が子供に水を飲ませている姿をうらめしげに見つめているだけだ。

ここでいったん夢は切れる。

画面が砂嵐《すなあらし》のように乱れたあと、しばらくして映像が回復する。

「俺」はどこかの岩場に立っている。小さな島というより、岩礁のてっぺん部分だ。漂流したボートがたどり着いたのだろう。「俺」はゴムボートを下りて、岩場を歩き、水と食料を探している。

ゴムボートには高校生の男と小さな子供が残っている。

「俺」は水を求めた。水があれば、この空のペットボトルに入れておける。子供に飲ませたかったし、自分でも飲みたかった。

ふいに振りかえると、ゴムボート上の高校生の男が、オールを使って漕ぎだそうとしている。ゴムボートには子供も乗っている。「俺」はあわてて追いかける。「待て、行くな、戻れ」と叫ぶ。しかし男は漕ぐことをやめない。

「俺」は子供を連れ去られたように感じている。「待て、その子を連れていくな」と叫んでいる。男に対する怒りがこみあげてくる。

ふざけるな、ふざけるな、ふざけるな。

ボートはあっという間に遠ざかっていった。「俺」は岩礁に立ちつくし、それを見ていることしかできない。百メートルほど離れたところで、男は「俺」に背を向け、隠し持っていたらしいペットボトルの水を一気に飲みほした。

待て、行くな、その子を返せ。「俺」はずっと叫んでいる。

ここでふたたび、夢が切れる。

しばらくして、映像が回復する。

岩礁にいる「俺」はあおむけに横たわっている。背中がごつごつして痛い。しかしそんなことが気にならないくらい、のどの渇きが強い。

水を飲みたい。水、水……。

直射日光がきつく照りつける。生きたまま焼かれているようだ。

苦しい。でも死にたくない。死ぬのは嫌だ。

ゴムボートは見えないところに行ってしまった。

「俺」はあいつを憎んでいる。あいつだけは許せない。絶対に許さない。悪魔に心を乗っ取られたかのように、心が憎しみで満ちている。

殺してやる……、殺してやる……。

同時に、あの子のことを心配している。どうか助かってくれ。どうか生きていてくれ。

神様、俺の命とひきかえに、あの子を救ってください。俺の命はさしあげます。だからあの子の命だけはお助けください。

創一は目がさめる。

夢だと気づいて、力が抜ける。のどの渇きがひどい。

創一は起きだして、台所まで走る。蛇口を開けて水を流し、ダイレクトに口を持っていく。狂ったように水を飲んだ。だが、いくら飲んでも、のどの渇きが癒《い》えない。胃が満杯になるまで、嘔吐《おうと》する限界まで、ひたすら飲み続けた。

これが夢なのは分かっている。しかしこの夢だけは異質なのだ。圧倒的にリアルで、身体反応を引き起こす。映画のように映像を見ているのではなく、3D映像のなかに入り込み、まさに生身の自分がそこで漂流し、餓死していくのを疑似体験しているような感覚におちいる。

この夢のことは親にも話していない。また、なぜこんな夢をくりかえし見なければならないのかも謎だった。

子供のころ、この夢を見たくないと思うあまり、眠れなくなることがよくあった。そんな夜はベッドから起きだして、ベランダに出て、夜空をながめた。星を見ていると、不思議と心がやすらいだ。夜空と天体図鑑を見比べているうちに、自然と星の名前を覚えていた。やがて学校で「宇宙博士」とあだ名がついた。小学生のとき、作文に宇宙飛行士になりたいと書いた。それを読んだ両親が、誕生日に天体望遠鏡を、祖父母が家庭用プラネタリウムを買ってくれた。

大学進学までは挫折なく進んだ。

大学では宇宙工学を専攻した。研究室に入り、すんなり溶け込んだ。その研究室で、雲竜院秋輔と出会った。

「あの人、雲竜院グループの御曹司なのよ」

一年先輩の女性から聞いた。大学ではちょっとした有名人だった。

そのときは、ふうん、と思っただけだった。創一には遠い存在だったし、同じ研究室にいても接点はないだろうと思っていた。しかしいつからか、秋輔のほうから話しかけてくるようになった。

「鈴木創一くんだよね。よろしく」

それが第一声だった。最初から親近感を持てる相手だった。天体観測という共通の趣味があり、話が合った。

いろんなことを教えてくれた。「あの教授の試験は、毎年ここが出るぞ」とか、「あの人は酔っ払うとタチが悪いから気をつけろ」とか。秋輔は、金持ちだからといって偉ぶったところがなく、普通の優しい先輩だった。

あるとき自宅に誘われた。

自宅は、さすが、という感じだった。まるで迎賓館。だが執事も家政婦もおらず、すべて秋輔の母・映見子が一人で管理しているということだった。自宅に行くと、その映見子が普段着で出てきた。

「いつも秋輔がお世話になっています」

映見子は律儀に言って、微笑んだ。雰囲気は秋輔とよく似ていた。やはり秋輔と初めて会ったときのような親近感をおぼえた。

秋輔の部屋に案内された。天体望遠鏡や天体図鑑、雑誌などが多数あり、宇宙マニアの部屋だった。秋輔がこれまで撮った惑星の写真も見せてもらった。それらについて話すときの秋輔は、本当に楽しそうだった。

そこにいるあいだ、ずっと不思議な感覚にとらわれていた。

ここに来たのは初めてではない。そんな感じがしたのだ。そう、たとえばトイレの場所が分かる気がした。

「秋輔さん、トイレ借りていいですか？」

「ああ、トイレはそこを出て、右に曲がって——」

やっぱり、と思った。

席を立ち、トイレに行った。ついでに家の中を少し回ってみた。見れば見るほど、既視感がある。二階にベランダがあり、なぜか引きつけられて、外に出てみた。そしてベランダの柵にひじを置き、空を見上げた。

強めの風が通り抜ける。南の空に浮かぶ入道雲。下は広い庭になっていて、花壇に色とりどりの花が咲いている。

すごく気持ちいい。創一は頬杖《ほおづえ》をつき、しばらくそこにたたずんでいた。

「あら」

ふいに声がした。振り向くと、映見子が立っていた。

「あ、すみません。勝手にベランダに出てしまって」

「いや、いいのよ、それは」

映見子は微笑んだ。じっと創一の顔を見つめていた。どこか悲しげに。

「あ、あの、なんでしょうか？」

「いや、ごめんね。なんか思い出しちゃって。よくそこに勇介が立っていて、そんなふうに手すりに頬杖をついて、空を見上げていたから」

「ユウスケ？」

「秋輔のお兄ちゃん。もう亡くなってしまったけど」

「はあ」

「創一くんがそこに立っていたから、勇介がいるのかと錯覚してしまって。あなたは勇介と雰囲気が似ているから。背格好とか、しゃべり方とか」

映見子は寂しげに笑って、一階に下りていった。

秋輔の部屋に戻った。

「どうしたの？　ずいぶん時間がかかったけど。トイレの場所、分からなかった？」

「いえ、秋輔さんのお母さんと少し話していたんです」

「なんだ。てっきりウンコかと思った」秋輔は笑った。

ふと、デスクの上に飾ってある家族写真が目に入った。少し古めの写真だ。

四人家族の写真。父と母、そして高校生くらいの男子が、ようやく立ったばかりという
小さい男の子を抱きかかえている。

母はたぶん映見子である。しかし今よりかなり若い。

秋輔は言った。「その小さい子が俺だよ。まだ二歳だった。俺を抱きかかえているのが
勇介兄さん。こっちは父親。二人とも、この直後に亡くなってしまったけど」

「亡くなった？」

「クルーザーが沈没したんだ。そのクルーザーには俺も乗っていた。父と、父の友人の田口さんと、勇介兄さんと、その友だちの土橋昇さんの五人で――」

秋輔の話を聞いていて、血の気が引くのを感じた。夢に見るあの光景と、まさにリンクしていたからだ。

秋輔の話では、父が飲酒運転して、クルーザーを沈没させた。父と田口と勇介は海に転落して溺死。土橋昇と秋輔はどうにかボートに乗ったが、そのまま漂流することになり、約二日後に輸送船に救出された。当時、二歳だった秋輔は、土橋昇が持っていたペットボトルの水を少しずつ飲ませてもらって、どうにか一命をとりとめたという。秋輔は土橋昇を「命の恩人」と呼んだ。

ちがう！　思わず叫びそうになった。

ボートに乗っていたのは二人じゃない。三人だ。そして秋輔に水を与えていたのは土橋昇ではなく、勇介だ。

創一が生まれる半年前の話だった。

今、すべてが確信に変わった。秋輔と初めて会ったときから、親近感があったこと。この家のトイレの場所が分かったこと。そして映見子いわく、勇介とどことなく雰囲気やしゃべり方が似ていること。

間違いない。俺の前世は、雲竜院勇介。

勇介の生まれ変わりが俺だ。そして勇介は、土橋昇に殺された。

「俺はまだ二歳だったから、ぜんぜん記憶はないんだけどね。でも無意識に、トラウマとして残っているんだ。今でも怖くて船には乗れない」

気づくと、創一の目から涙がこぼれ落ちていた。感情が乱れて、涙があふれて止まらなくなった。

「なんで創一が泣いてんだよ」秋輔はからかって言った。

秋輔は、創一が同情して泣いているものと勘違いしたようだった。だが、同情の涙ではなかった。安堵《あんど》の涙だった。

あの子は助かっていたんだ……。

自分の命とひきかえにしても、助けたいと思っていたあの子。土橋昇に連れ去られたあと、無事に救出されていた。そう思ったら、涙が止まらなかった。

復讐の機会は、一年も経たずに訪れた。

秋輔から、一緒に山梨に行かないかと誘われた。近々、火星が接近する。ちょうど山梨県に土橋昇の別荘があるので、そこを休憩所として借りて、近くの山にテントを張って天体観測するという計画だった。

土橋昇のことはすでに調べてある。

秋輔の命の恩人になりすまし、そのコネで、雲竜院グループの子会社の社長におさまっている。命の恩人どころか、勇介を殺した犯人なのに、ぬくぬくと自分が殺した人間の母に取り入っているというわけだ。

さりげなく秋輔から土橋昇の情報を聞きだしてもいた。別荘の地下室には、自分専用のシアターがある。そしてちょうど十日間の夏休みに入るという。それを聞いて、直観的に殺し方が決まった。

地下室に閉じ込めて、餓死させる。

すべての条件が、創一が意図したわけでもないのに、勝手にととのっていった。これは神の意志、天の配剤なのだと思った。秋輔や映見子との邂逅《かいこう》もふくめて、神が土橋昇を裁けと命じているのだ。

最大の問題は、殺し方ではなく、本当に勇介を殺したのは土橋昇なのかということだった。つまりあの夢は、本当に前世の記憶なのか。

自分なりに確信はあった。だが、しょせんは夢だけに、あいまいで断片的である。やはり確証は得たいというのが本音だった。しかしいまさら二十二年前のクルーザー沈没事故について調査するのは現実的ではない。

土橋昇自身に自白させるのが理想だが、どうやって？　創一が、俺の前世は勇介だなどと名乗っても、バカにされるだけである。

そこで勇介の亡霊になって現れる、というアイデアがひらめいた。

土橋昇を地下室に閉じ込めて、明かりを消す。その状態で二日もすれば、極限状態になる。地下室には、暗視用の隠しカメラ、集音マイク、スピーカーをしかけておく。カメラで衰弱ぶりを確認しながら、あるところでスピーカーを通して、勇介の亡霊になりすまして話しかける。

そこであの夢、すなわち前世の記憶について話す。もしそれが事実なのであれば、勇介は死に、当時二歳の秋輔が覚えているはずのないことなのだから、土橋昇は勇介の亡霊だと信じるだろう。

部屋の明かりを消すのは、隠しカメラなどを発見させないため。なにより亡霊の存在を想像しやすい状況にするためだ。勇介の亡霊だと信じたら、あとはどうにでもなる。土橋昇自身が自白するように誘導尋問すればいい。

土橋昇の別荘に行くまでのあいだに、機材はそろえておいた。

暗視用の隠しカメラ、集音マイク、スピーカー。なるべく小型なものを選んだ。地下室に電波が届かないことを考慮して、電波の中継器も用意しておいた。ドアをふさぐ方法もいくつか検討した。

そして当日、秋輔とともに別荘に向かった。

初めて会ったとき、創一は土橋昇の顔を見られなかった。自分がどういう感情になるか分からなかったからだ。

秋輔に紹介されたとき、できるだけ小声であいさつした。土橋昇に生声を聞かれたくなかったからだ。あとでスピーカーを通して話しかける。その声で創一だとバレてしまったら、計画は台なしになる。「犯人は鈴木」とダイイングメッセージを壁に刻まれでもしたら厄介だ。創一の声は特徴的なものではないが、聞かれないに越したことはない。まあ、初対面の創一に疑いの目を向けるとは思えないが。

その日は別荘でシャワーだけ借りて、山に登った。秋輔は楽しそうにしていた。一方で創一は、これから自分がすることを考えて、憂鬱だった。夕暮れまでに山頂に着き、テントを張った。夜になったあと、風邪ぎみと嘘をついて、テントで眠らせてもらった。明日のためにしっかり睡眠を取っておく必要がある。秋輔は一人で火星の写真を撮ることに熱中していた。

秋輔はその夜、一睡もしなかった。

朝になり、下山したあと、二人は別荘の二階で仮眠を取った。

秋輔はすぐに眠りについた。土橋昇はピザを作っていた。ピザ焼き専用の窯があるようで、手間がかかりそうだった。

そのすきに、創一は地下室に下りた。

まずは地下室全体の写真を撮る。それから部屋の正確な間取りを、メジャーを使って測った。地下室では携帯の電波が届かないことを確認したあと、隠しカメラ、マイク、スピーカー、および電波の中継器をそれぞれどこに設置するかの目安を立てた。地下室のドアには鍵がついていない。ドアを封じる手立てとしては、つっかえ棒でいいと判断した。ドアと対面の壁までの正確な距離を測っておいた。

壁はコンクリート、ドアは金属製。ドアを破壊するためのドリルのような工具は、地下室には置いていないことも確認した。閉じ込められたら脱出は不可能。創一は、五分ほどで用をすませ、秋輔が眠っている部屋に戻った。

昼すぎになり、秋輔が目をさました。土橋昇が用意した昼食のピザを食べてから、東京へと帰った。

創一は、秋輔と別れて自宅に戻り、すぐに機材の準備をした。ほとんど用意してあるので、あとは地下室のサイズに合わせた調整をするだけ。つっかえ棒も、鉄パイプを金属カッターで適当な長さに切り、両端にゴムをつけて五本束ねて結んだ。準備が終わったら、すべての荷物をリュックに入れた。

創一はバイクに乗り、ふたたび土橋昇の別荘に向かった。

着いたときには、もう日が暮れていた。

防犯カメラもなく、無防備な別荘だと分かっている。一階の窓をすべて戸締まりしている可能性を考えて、二階の使ってなさそうな部屋の窓の鍵を開けておき、そこから侵入する準備もしていたが、必要なかった。玄関の鍵が開いていたので、音を立てないようにこっそり入った。土橋昇は、リビングでテレビを見ながら、夕食を食べていた。創一はすかさず地下室に下りた。

まずは暗視用の隠しカメラを二つ設置した。一つは映画のスクリーンわきに、もう一つはエアコンの上。これで死角なく室内を監視できる。

集音マイクは、椅子の後ろ脚の内側にしかけた。

スピーカーは、椅子の革を少しだけ切って、座面の内部にしかけた。内部にしかけたスピーカーから出る音を、その椅子に座った状態で聞くと、音が体内に響きわたるように感じるのは、他の椅子を使って実験ずみである。

電波の中継器は、通風孔の内部に設置した。ここに置くと、電波が外に流れることも確認してある。すべて電池で動く仕組みで、起動から六日は電力がもつ。六日あれば、目的を果たせると踏んだ。

それだけの細工をしたあと、創一は地下室を出て、別荘の二階に上がった。自分たちが仮眠を取った客室の押入れのなかに隠れた。ノートパソコンを開き、地下室のカメラから映像が来ることを確認した。

あとは土橋昇が地下室に入るのを待つだけだ。

その夜の十時過ぎ。

土橋昇は映画を見るためか、地下室に入っていった。

創一は、土橋昇が携帯電話をリビングに置いていることをまず確認した。家にいるときは携帯を持ち歩かず、たいていテーブルに置きっぱなしにしていることは確認してある。地下室には電波が届かないので、携帯を持っていくことはないだろうとは思っていた。ただし携帯は懐中電灯の役割も果たすので、持っていかせないことが計画を成功させる条件の一つではあった。

すかさず創一は、地下室のドアの外側から、壁とのあいだにつっかえ棒をはめて、ドアを封じた。つっかえ棒は一ミリのズレもなくぴったりおさまった。それから地下室の電源ブレーカーを落とした。

あとは暗視用の隠しカメラで、土橋昇が弱っていくのを見ているだけでいい。当初はドアに体当たりしたり、大声で叫ぶなどしていたが、やがてあきらめた。それからは椅子に座りっぱなしになった。

二日が経ち、ほどよく衰弱したのを見て、スピーカーを通して声をかけた。

「俺だよ。勇介だよ」

創一の生声で話しかけた。ただし幽霊感を出すために、少しエコーをかけた。

人工の合成音声を使うことも考えたが、それだと声が機械的になって違和感がある。土橋昇にあいさつするときはなるべく小声にしたし、秋輔の母によれば、勇介のしゃべり方に似ているということだから(たぶん前世だからだろう)、創一の声だと気づかれることはないと判断した。案の定、土橋昇は勇介の亡霊だと信じ込んだようだ。勇介しか知らないことを知っていたのだから当然だ。

土橋昇が、本当に勇介なのかを確認するために、勇介の個人情報(生年月日や血液型、高二のときの担任の名前など）を聞いてくる可能性を考えて、できるかぎり調べておいたが、その必要はなかった。

火星の力を借りて、などはすべて作り話だが、土橋昇がどんな質問をしてきても返せるように、設定をしっかりまとめておいた。

すべて計画通りに進んだ。あとは土橋昇に自白させるだけだ。

「いまさら嘘をついても無意味だが、弁解くらい聞いてやってもいいぞ」

この問いかけのあと、土橋昇は自分からべらべら話しだした。そしてあの夢は、すなわち前世の記憶は、すべて現実に起こったことだと確認できた。それが確認できた時点で、通信を打ち切った。

創一は二階の客間で、パソコンの画面を通して、土橋昇の体から水分が抜けていくのをずっと見ていた。

そのあと息絶えるまで、一日もかからなかった。

土橋昇の死体は、夏休みの十日間が過ぎたあと、連絡が取れないため別荘に様子を見にきた社員によって発見された。

秋輔の話では、警察は事件と事故の両面で捜査したという。

だが、捜査といっても、動機のありそうな元妻とその愛人、そして野田に事情聴取をして、アリバイを聞いただけ。三人の容疑者に不審な点はなく、明白な事件性があったわけでもないので、事故死として決着がついた。

事故死となった理由の一つは、土橋昇がダイイングメッセージを残さなかったことが大きかったようだ。土橋昇自身、勇介の亡霊に殺されたと思っていたはずなので、ダイイングメッセージを残すという発想がなかったのだろう。そう思い込ませるための演出が成功したことになる。

土橋昇が、創一が犯人だと推理できたとは思えない。もし推理できるとしたら、「創一があえて小声であいさつしたのは、生声を聞かれたくなかったため。それはあとで勇介の亡霊になりすますため」という一点に気づくかどうかだと思うが、土橋昇は答えにたどり着くことができなかったのだろう。

創一は警察から事情聴取を受けることもなかった。そして完全犯罪が成立した。

以来、あの夢は見なくなった。創一のなかにあった勇介の魂が成仏したのだろう。復讐を果たし、前世の記憶とともに消えたものと思われる。

本書は書き下ろしです。

〈著者紹介〉

木元哉多（きもと・かなた）

埼玉県出身。『閻魔堂沙羅の推理奇譚』で第55回メフィスト賞を受賞しデビュー。新人離れした筆運びと巧みなストーリーテリングが武器。

閻魔堂沙羅《えんまどうさら》の推理奇譚《すいりきたん》
落《お》ちる天使《てんし》の謎《なぞ》

2019年4月17日　第1刷発行　　定価はカバーに表示してあります

著者……………………木元哉多《きもとかなた》

発行者……………………渡瀬昌彦
発行所……………………株式会社 講談社
〒112-8001 東京都文京区音羽2-12-21
編集03-5395-3506
販売03-5395-5817
業務03-5395-3615

本文データ制作…………講談社デジタル製作
印刷……………………豊国印刷株式会社
製本……………………株式会社国宝社
カバー印刷……………株式会社新藤慶昌堂
装丁フォーマット………ムシカゴグラフィクス
本文フォーマット………next door design

ISBN978-4-06-515333-8　N.D.C.913　328p　15cm

いつだって人生はやり直せる。

「救われたければ、謎を解きなさい」

そう、たとえ死んでからだって!

閻魔堂沙羅の推理奇譚《えんまどうさらのすいりきたん》
ENMADOU SARA NO SUIRI KITAN

講談社タイガ

君と時計シリーズ

綾崎 隼

君と時計と嘘の塔
第一幕

イラスト
pomodorosa

大好きな女の子が死んでしまった——という悪夢を見た朝から、すべては始まった。高校の教室に入った綜士《そうし》は、ある違和感を覚える。唯一の親友がこの世界から消え、その事実に誰ひとり気付いていなかったのだ。綜士の異変を察知したのは『時計部』なる部活を作り時空の歪みを追いかける先輩・草薙千歳《くさなぎちとせ》と、破天荒な同級生・鈴鹿雛美《すずかひなみ》。新時代の青春タイムリープ・ミステリ、開幕！

講談社
タイガ

相沢沙呼

小説の神様

イラスト
丹地陽子

僕は小説の主人公になり得ない人間だ。学生で作家デビューしたものの、発表した作品は酷評され売り上げも振るわない……。物語を紡ぐ意味を見失った僕の前に現れた、同い年の人気作家・小余綾《こゆるぎ》詩凪《しいな》。二人で小説を合作するうち、僕は彼女の秘密に気がつく。彼女の言う〝小説の神様〟とは？　そして合作の行方は？　書くことでしか進めない、不器用な僕たちの先の見えない青春！

講談社
タイガ

瀬川コウ

今夜、君に殺されたとしても

イラスト
wataboku

ついに四人目が殺された。連続殺人の現場には謎の紐《ひも》と鏡《かがみ》。逃亡中の容疑者は、女子高生・乙黒《おとぐろ》アザミ。僕の双子の妹だ。僕は匿《かくま》っているアザミがなにより大切で、怖い。常識では測れない彼女を理解するため、僕は他の異常犯罪を調べ始める。だが、保健室の変人犯罪学者もお手上げの、安全な吸血事件の真相は予想もしないもので——。「ねぇ本当に殺したの」僕はまだ訊けずにいる。